Sylter Abgrund

Mörderische Beziehungen

Sylter Abgrund

Mörderische Beziehungen

Sina Marten ermittelt

Mara Tamen

Kapitel eins

Marin Heseler blätterte die Ausdrucke durch, die ihm seine Assistentin Angela in die Hand gedrückt hatte, bevor sie sich in den Feierabend verabschiedet hatte.

Auch sein nächstes Wochenendseminar war bereits bis auf den letzten Platz ausgebucht. Zwölf Frauen hatten sich für *Von Solo zu Duo: Finde deinen Traumpartner* angemeldet.

Das sind die nächsten sechsunddreißigtausend Euro, dachte Marin.

Er legte die Ausdrucke beiseite und trat ans Fenster seiner Hotelsuite. Tagsüber bot sich hier ein atemberaubender Blick auf den Strand und das Meer, doch im Moment herrschte tintenschwarze Nacht.

Wenn ich zwölf Frauen finden kann, die für ein Seminar dreitausend Euro hinblättern, dann kann ich auch zwanzig finden. Da draußen gibt es jede Menge Frauen, die zu allem bereit wären, um endlich den Mann fürs Leben zu finden.

Marin weilte auf Sylt, im Hotel Elysian Escape, wo er eines seiner Dating-Seminare speziell für Frauen gab. Der erste Tag war überaus erfolgreich verlaufen, die Teilnehmerinnen hatten jedes einzelne seiner Worte begierig aufgesogen. Eifrig hatten sie alle Fragen in der App beantwortet, die sie im Rahmen des Seminars für ihre Smartphones erhalten hatten.

Durch Journaling zur Selbsterkenntnis finden, dann lässt anschließend auch der Traummann nicht mehr lange auf sich warten.

So lautete eines der Werbeversprechen, die sich auf Marins perfekt durchdesignter Website fanden.

Lebe das Leben deiner Träume und die Liebe wird dich finden, war ein anderer seiner Slogans.

Marin verschränkte die Arme und wandte sich vom Fenster ab.

So gut wie nie gab es Beschwerden enttäuschter Klientinnen. Marin ging davon aus, dass sich die Frauen, die immer noch keinen Partner fanden, nachdem sie sein Buch gelesen, seine kostenlosen Tipps auf YouTube befolgt und eines seiner Seminare besucht hatten, schlicht und einfach selbst die Schuld gaben.

Oder aber sie wollen nicht zugeben, dass sie trotz meiner ausführlichen Ratschläge immer noch niemanden gefunden haben. Weil sie sich schämen. Weil sie denken, es muss an ihnen liegen, an ihrem Charakter.

Doch heute hatte es eine Beschwerde gegeben. Dummerweise handelte es sich nicht einfach nur um einen negativen Kommentar auf YouTube, den Angela mit einem Klick hätte löschen können. Auch war es keine schlechte Rezension zu seinem Buch irgendwo im Netz.

Nein, ausgerechnet eine seiner Klientinnen, die vor einigen Monaten ein Einzelcoaching gebucht hatte, war heute aufgetaucht, um von Marin die Erstattung des von ihr gezahlten Honorars zu fordern.

Die fünf Stunden Einzelberatung, entweder über Zoom oder persönlich in Marins Berliner Büro, waren sein exklusivstes Premium-Produkt. Nicht nur, dass Marin maximal zwei Klientinnen pro Monat annahm und das Einzelcoaching deswegen auf seiner Website regelmäßig als ausverkauft angezeigt wurde, es gab auch nicht allzu viele Frauen, die sich den Preis dafür überhaupt leisten konnten.

Siebentausendfünfhundert Euro war der mehr als stolze Preis, den Marin für diese Beratung verlangte.

Ausgerechnet eine Coaching-Klientin. Wenn es nur eine Frau wäre, der das Buch nicht gefallen hat. Das wäre eine Rückerstattung von dreißig Euro, kein Problem. Das hätte Angela abgewickelt, ohne mich überhaupt zu informieren. Aber sieben fünf? Damit habe ich ein Problem.

Marin durchquerte das Wohnzimmer seiner mehrere Zimmer umfassenden Hotelsuite. Auf dem Esstisch stand sein Laptop neben den Überresten seines Abendessens.

Er schaltete ihn ein, um sich Notizen zu möglichen Lösungen zu machen.

Wie schaffe ich es, diese Klientin zu überzeugen, von ihrer Forderung abzurücken?

***

Die Hände auf die Hüften gestützt, starrte Sina das Chaos an, das sich ihr bot.

Umzugskartons stapelten sich an den Wänden, davor standen zwei Koffer und eine Reisetasche.

Wer hätte gedacht, dass ich so viel Zeug mein eigen nenne?

Sie wandte sich ab und ging durch die nun so gut wie leeren Räume, die fast ein Jahr lang ihr Zuhause gewesen waren.

Naja, so ganz stimmt das nicht. Ich habe auch sehr viel Zeit bei Jan verbracht.

Beim Gedanken an ihren Freund musste Sina lächeln. In Zukunft würde sie noch sehr viel mehr Zeit mit Jan verbringen können. Denn morgen war der große Tag. Morgen zog sie bei Jan ein.

Sie blieb im Wohnzimmer stehen. Couch, Sessel und Fernsehapparat hatte sie bereits verkauft. Sie würde nur wenige ihrer Möbel mitnehmen, da Jans Haus natürlich bereits vollständig möbliert war.

In den Kartons befinden sich hauptsächlich Kleider, Schuhe, Bücher und persönliche Erinnerungsstücke. Dazu natürlich der ganze Papierkram, den man so im Laufe eines Lebens anhäuft.

Sina ging weiter in die Küche. Hier hatte sie nur einige wenige Gegenstände packen müssen, denn die Einbauküche hatte sich bei ihrem Einzug bereits in der Mietwohnung befunden.

Da Sina nicht allzu häufig Zeit und Lust zum Kochen hatte, besaß sie nur wenige Töpfe und Pfannen. Auch was Geschirr, Gläser und Besteck anging, war sie nicht allzu üppig ausgestattet.

Was gut ist, weil Jan hat in der Hinsicht wirklich genug.

Ihren Toaster hatte sie allerdings nicht verkauft. Stattdessen hatte sie Jan nahegelegt, sich von seinem eher mickrigem Modell zu trennen.

Sina liebte frisch geröstetes Brot und besaß einen riesengroßen Markentoaster mit individuell einstellbarer Bräunungsstufe, der bis zu vier Scheiben gleichzeitig toasten konnte.

Morgen werde ich mich mit einem Müsliriegel zum Frühstück begnügen müssen. Aber egal, das Mittagessen gibt es dann schon bei Jan daheim.

Sie lächelte und korrigierte sich in Gedanken selbst.

Nein, nicht bei Jan daheim. Bei uns daheim. In meinem neuen Zuhause.

***

Zufrieden las Marin noch einmal durch, was er geschrieben hatte. Er hatte sich dazu entschlossen, die Beschwerde der Klientin erst zu ignorieren und sie an seinen Anwalt zu verweisen, falls sie nicht lockerlassen sollte.

Er unterdrückte ein Gähnen, dann stand er auf und streckte sich.

Ich bin total verspannt. So ein achtstündiges Seminar geht ganz schön auf die Knochen.

Er dachte an die kleine Sauna, die direkt an das große Bad der Suite angrenzte.

Das wäre jetzt genau das Richtige. Schließlich habe ich morgen einen weiteren harten Tag vor mir.

Er warf einen weiteren Blick auf den Bildschirm seines Laptops. *Ich muss topfit sein. Und charmant. Schließlich will ich weitere Beschwerden vermeiden.*

Er schnitt eine Grimasse. *Nun ja, vielleicht nicht zu charmant. Es soll ja auch niemand auf falsche Gedanken kommen.*

Immer wieder kam es vor, dass sich Klientinnen dachten, sie könnten die mühevolle Suche nach Mr. Right abkürzen, indem sie es bei Marin selbst versuchten.

Eine solche Klientin gab es auch bei diesem Seminar. Sie hatte direkt vor ihm gesessen und ihn keine Sekunde aus den Augen gelassen. Bei jedem auch nur noch so flüchtigen Blickkontakt hatte sie ein strahlendes Lächeln aufgesetzt. Wann immer sie ihn etwas fragte - und sie hatte im Laufe des Tages etliche Fragen gestellt -, legte sie neckisch den Kopf zur Seite und beugte sich ein wenig vor.

Wahrscheinlich, um mir besseren Einblick in ihr unendlich tiefes Dekolleté zu geben. Dass ich darauf nicht reagiert habe, scheint ihr nicht aufgefallen zu sein, sonst hätte sie sich nicht weiter bemüht.

Marin schüttelte den Kopf. *Berufsrisiko. Diese Frauen vertrauen mir. Ich spreche ihre Gefühle und intimsten Bedürfnisse an. Natürlich passiert es da immer wieder, dass eine Klientin ihr ganzes Begehren auf mich projiziert.*

Er grinste vor sich hin. *Außerdem sehe ich ja auch nicht ganz schlecht aus.*

Marin wollte gerade das Wohnzimmer verlassen, um die Sauna anzuschalten, als es an der Tür klopfte.

Ein Blick auf die Patek Philippe an seinem Handgelenk verriet ihm, dass es fast einundzwanzig Uhr war. Kurz überlegte er, nicht auf das Klopfen zu reagieren. Doch dann siegte die Neugierde.

Wahrscheinlich ist es nur Angela, die noch etwas vergessen hat. Statt die mich einfach anruft.

Mit großen Schritten durchquerte er das Wohnzimmer sowie den kleinen Vorraum und spähte durch den Spion. Als er sah, wer auf dem Flur vor seiner Suite stand, setzte er sein charmantestes Lächeln auf und öffnete die Tür.

Dies sollte der letzte Fehler sein, den Marin Heseler in seinem Leben machte.

Kapitel zwei

Jess atmete tief die frische Meeresluft ein. Das Wetter war überraschend mild für einen Tag Anfang Oktober, daher hatte sie ihre morgendliche Yoga-Session kurzerhand an den Strand verlegt.

Sie stellte die Füße hüftbreit auseinander, schloss die Augen und versuchte, ihre Mitte zu finden. Über ihr kreischte eine Möwe, doch das tat ihrer Konzentration keinen Abbruch.

Langsam verlagerte sie ihr Körpergewicht auf das linke Bein, tief bohrten ihre nackten Zehen sich in den Sand. Sie hob das rechte Bein und winkelte es an, sodass die Fußsohle an der Innenseite des linken Oberschenkels zu liegen kam.

Sie streckte die Arme mit aneinandergelegten Handflächen über ihren Kopf und atmete weiter tief ein.

Ihr linkes Bein begann zu zittern.

So viel zum Thema die Handhaltung fördert die Balance.

Jess versuchte, sich vorzustellen, wie ein Baum fest in der Erde verwurzelt zu sein. Doch das Zittern ihres Beines wurde stärker.

»Mist«, sagte sie laut und brach die Pose ab.

Sie versuchte es mit dem rechten Bein als Standbein. Das funktionierte noch schlechter.

Außerdem meldete sich jetzt ihr Magen mit einem vernehmlichen Grummeln.

Höchste Zeit fürs Frühstück.

Bei dem Gedanken an die Auswahl, die das Büffet in dem Sylter Fünfsterne-Hotel zu bieten hatte, lief Jess das Wasser im Munde zusammen.

Erst ein wenig Obst und ein Kräutertee. Dann

mal sehen.

Sie klopfte sich mit einer Hand auf den Bauch.

Ein bisschen was kann ich mir leisten. Solange ich nicht zu sehr über die Stränge schlage.

Gut gelaunt erklärte sie ihre kleine morgendliche Yoga-Session am Strand für beendet und zog ihre Schuhe an. Sie schnappte sich das Smartphone, das sie auf dem mitgebrachten Hotelhandtuch abgelegt hatte, wählte einen schmeichelhaften Filter aus und machte einige Selfies mit dem Meer im Hintergrund.

Da suche ich beim Frühstück das schönste Bild aus und poste es.

Beschwingt machte sie sich auf den kurzen Rückweg zum Hotel.

Bin ja mal gespannt, was der Heseler heute für ein Programm aufführt. Gestern das war schon nicht schlecht. Mir sind ein paar Dinge klargeworden, über die ich zuvor noch nie nachgedacht hatte.

Tief in Gedanken versunken ging Jess über den weichen Sand.

Einige der Übungen, die er uns gestern erklärt hat, muss ich sofort umsetzen, wenn ich wieder zu Hause bin.

Bei dem Gedanken daran, dass es nun vielleicht nicht mehr lange dauern würde, bis sie einen Mann traf, mit dem sie ihr Leben teilen könnte, breitete sich ein Lächeln auf ihrem Gesicht aus.

Sie betrat die Hotellobby. In dem beeindruckenden Empfangsbereich dominierten Gold- und Cremetöne, die zu einer harmonischen, einladenden Atmosphäre beitrugen. Ein edler Marmorboden, ein großer Kristalllüster sowie ein offener Kamin, gepolsterte Sessel und Samtsofas, die zum Verweilen einluden, vervollständigten das luxuriöse Ambiente.

Duschen und umziehen kann ich mich auch nach dem Frühstück. Jetzt brauche ich erstmal was zu futtern.

Jess steuerte auf das Restaurant im Erdgeschoss zu, wo morgens das Frühstück serviert wurde. Doch auf halbem Wege hielt sie inne.

»Sie müssen die Polizei rufen!«

Jess wandte den Kopf in die Richtung, aus der die hysterisch klingende Stimme gekommen war.

Vor dem geschwungenen Rezeptionstresen, der sich an der rechten Seite der Lobby befand, stand eine völlig aufgelöst wirkende Frau. Ihr Gesicht war tränenüberströmt und sie streckte die Hände wie flehend dem gleichzeitig erschrocken und verwirrt dreinschauenden Rezeptionisten entgegen.

Jess erkannte die Frau erst auf den zweiten Blick. Es war Angela Koch, Marin Heselers persönliche Assistentin.

Sie ging auf die Rezeption zu, wo der Hotelmitarbeiter mittlerweile einen Telefonhörer in der Hand hielt.

»Was ist denn los?«, fragte Jess.

Angela starrte sie an wie eine überirdische Erscheinung, dann fiel sie ihr schluchzend um den Hals.

***

»Pass auf, da ist mein Toaster drin!«

»Ah ja, das geliebte Monster.« Jan grinste.

Sina sah ihren Freund gespielt beleidigt an. »Wer wird der Erste sein, der ein ganzes Ciabatta röstet und dann mit Schafskäse belegt?«

»Ich!«, rief Jan und trug den kleinen Karton im

Eilschritt in die Küche, wobei er ihn vor den Bauch gepresst hielt, als müsse er ihn mit seinem Leben schützen.

Lachend folgte Sina ihm mit einem Karton, in dem sich einige weitere Küchenutensilien befanden.

Als sie Jans geräumige, hell eingerichtete Küche betrat, war er bereits dabei, den Karton mit dem Toaster zu öffnen.

»Bist du wirklich so hungrig oder einfach nur albern?«, fragte Sina und stellte ihren eigenen Karton auf dem Boden ab.

»Albern. Ich habe erst vor einer Stunde gefrühstückt. Ausgiebig, weil mir klar war, dass das heute ein langer Tag wird. Wir müssen noch ein paar Mal fahren, bis wir alle Kisten hertransportiert haben.«

Sina trat einen Schritt näher. »Ich hatte nur einen Müsliriegel. War ja schon alles eingepackt.«

Jan zwinkerte ihr zu. »Ich glaube, das nennt man Projektion. Du ziehst mich auf, dabei bist du diejenige, die den Toaster am liebsten sofort in Betrieb nehmen möchte.«

Sina probierte ihren betörendsten Augenaufschlag an ihrem Freund aus. »Eine kleine Pause, bevor wir wieder in meine Wohnung fahren?«

Jan hob beide Hände. »Von mir aus.«

Sina tänzelte zur Arbeitsfläche, auf der Jans altmodischer Brotkasten stand. Als sie die Hand nach dem Deckel ausstreckte, ertönte ein schrilles Klingeln.

»Oh, nein. Nicht heute.«

Jan sah sie fragend an.

»Das ist der Klingelton, den ich für Sven eingestellt habe«, erklärte Sina, während sie schon in den Hausflur lief, wo ihre Handtasche an der Garderobe hing.

Rasch zog sie das klingende Handy hervor und nahm den Anruf an.

»Sven, bitte sag mir, dass es nichts Wichtiges ist.«

»Tut mir leid. Ich weiß, dass ihr heute Umzugstag habt. Aber du musst sofort ins Elysian Escape Hotel kommen.«

Sinas Mut sank. »Das neue Fünfsternehotel in der Nähe von List?«

»Genau. In einer der Suiten wurde eine Leiche gefunden.«

***

Als Sina und Sven die Lobby des Elysian Escape Hotels betraten, wies nichts darauf hin, dass hier ein Verbrechen geschehen war.

Ein wenig verwirrt sah Sina sich um. Vollkommen entspannt saßen einige Gäste in den Sitzgruppen, lasen Zeitung oder unterhielten sich. Auch an der Rezeption schien alles seinen ganz normalen, ruhigen Gang zu gehen.

Mit hochgezogener Augenbraue sah Sina Sven an. Der zuckte nur mit den Schultern und trat an die Rezeption.

Mit geschultem Lächeln begrüßte sie eine Hotelmitarbeiterin. »Willkommen im Elysian Escape. Mein Name ist Tanja. Wie kann ich Ihnen behilflich sein?«

Sina zückte ihren Polizeiausweis und hielt ihn der Rezeptionistin hin. »Sina Marten, Kripo Sylt.« Sie deutete mit dem Daumen über die Schulter. »Mein Kollege Sven Haycken.«

Das professionelle Lächeln verrutschte, Tanja hob

eine Hand zum Mund. »Oh.«

»Sie wissen Bescheid?«, erkundigte Sina sich.

Die Rezeptionistin nickte und griff zum Telefonhörer. »Herr Brecht, unser Geschäftsführer, wird sich um Sie kümmern.«

Während Tanja telefonierte, sah Sina sich in der Lobby um.

Nobel geht die Welt zugrunde, dachte sie angesichts der Pracht, die sie umgab.

»Herr Brecht wird sofort bei Ihnen sein.« Das professionelle Lächeln war zurück.

Es dauerte in der Tat keine zwei Minuten, bis ein großer Mann mit graumeliertem Haar, der einen dunkelblauen Anzug trug, aus einer Tür neben dem Rezeptionstresen trat und auf Sina und Sven zuging.

»Alwin Brecht«, stellte er sich vor. Er deutete in Richtung der Aufzüge. »Wir müssen in die oberste Etage.«

Sie folgten dem Hoteldirektor in eine ebenfalls äußerst edel ausgestattete Liftkabine.

Ist das Nussholz? Oder soll das nur so aussehen?

Brecht drückte auf den goldenen Knopf für die neunte Etage. Dann wandte er sich Sina zu. »Sie werden verstehen, dass unser Haus für äußerste Diskretion dankbar wäre. Wir möchten verhindern, dass unseren übrigen Gästen der Aufenthalt vergällt wird.«

In seinem Hotel ist jemand gestorben und das ist seine einzige Sorge? Das Image seines Hotels? Manchmal verstand Sina die Menschen nicht.

Sie entschied sich, auf Brechts seltsames Anliegen gar nicht erst einzugehen, sondern zog stattdessen ihr Notizbuch hervor.

»Handelt es sich bei dem Toten um einen Ihrer

Gäste? Können Sie mir seinen Namen nennen?«, fragte sie.

»Marin Heseler. Er hatte einen unserer Veranstaltungsräume gebucht, um ein zweitägiges Seminar abzuhalten.«

Sina ließ das Notizbuch sinken. »Marin Heseler, der Dating-Coach? Von Solo zu Duo?«

»Du kennst den?«, fragte Sven überrascht. Auch der Hoteldirektor sah Sina fragend an.

Sie fühlte, wie sie rot anlief. »Ich habe vor Kurzem einen Artikel über ihn und sein Wochenendseminar in der Zeitung gelesen.« Fast hätte sie noch hinzugefügt, dass sie sich mit Jan über den Coach lustig gemacht hatte, doch das erschien ihr angesichts der Situation unpassend.

Außerdem wäre es unprofessionell. Ich muss schließlich schön sachlich und unvoreingenommen sein.

»Von wem wurde der Tote denn gefunden?«, stellte sie ihre nächste Frage, nachdem sie den Namen Marin Heseler notiert hatte.

»Von einer Mitarbeiterin des Toten. Angela Koch ist ihr Name.«

Der Aufzug hatte den neunten Stock erreicht. Brecht führte sie einen Gang entlang und zückte eine Schlüsselkarte.

Sina staunte, als sie die luxuriöse Suite betrat. Sie versuchte, sich nicht anmerken zu lassen, wie sehr sie diese opulente Umgebung beeindruckte. Sanfte Blautöne und helles Beige dominierten die Einrichtung, die Wände zierten gerahmte Gemälde. Die Vorhänge der vom Boden bis zur Decke reichenden Fensterfront waren zurückgezogen, sodass sich eine unglaubliche Aussicht auf das Meer und den Himmel bot.

Üppig gepolsterte Sessel und ein Sofa waren so gruppiert, dass man einen überdimensionierten Flachbild-TV im Blick hatte. Hinter der Sitzgruppe sah Sina einen großen runden Esstisch mit sechs Stühlen, neben dem ein kleiner Servierwagen stand. Sie erfasste auch, dass auf dem Tisch ein Handy und ein zugeklappter Laptop lagen. Daneben befanden sich zwei Teller mit Essensresten, ein Glas und eine Mineralwasserflasche.

Sina wandte sich wieder dem Hoteldirektor zu. »Hat irgendjemand die Suite betreten, seit die Leiche gefunden wurde?«

»Niemand außer mir. Ich warf nur einen kurzen Blick in die Sauna, wo der Tote liegt, dann schloss ich ab und rief die Polizei an.«

»Sauna?« Sina war verblüfft.

»Unsere vier Elysian Exclusive Suites verfügen alle über eine kleine private Sauna. Sie befindet sich am Ende dieses Ganges, direkt an das Bad angrenzend.« Brecht deutete nach rechts. »Haben Sie noch Fragen oder soll ich Sie alleine lassen?«

»Eine Frage habe ich noch«, sagte Sina. »Wo finden wir diese Angela Koch?«

»Auf ihrem Zimmer. 807, ein Stockwerk tiefer. Sie wurde von unserem hauseigenen Arzt betreut und eine der Seminarteilnehmerinnen kümmert sich nun um sie.« Brecht senkte die Stimme. »Sie war ziemlich hysterisch. In Tränen aufgelöst, wir konnten sie gar nicht beruhigen.«

Verständlich, dachte Sina. *Den eigenen Boss tot aufzufinden, ist nicht gerade ein guter Start in den Tag.*

»Sehr gut, vielen Dank«, sagte sie. »Wir melden

uns bei Ihnen, falls wir noch weitere Informationen benötigen.«

Als die Tür hinter dem Hoteldirektor zuklappte, sah Sina ihren Kollegen an. »Dann wollen wir mal.« Sie zog die mitgebrachten Nitril-Handschuhe über und ging in die Richtung, die Brecht ihnen gezeigt hatte.

Von dem kurzen Flur gingen insgesamt drei Türen ab. Die Tür am Ende des Flures stand offen und ließ bereits einen Blick in ein großes, weiß gekacheltes Bad zu.

Die anderen beiden Türen waren geschlossen. Zuerst öffnete Sina die Tür rechterhand, um festzustellen, was sich dahinter befand. Ein geräumiges Schlafzimmer, das Bett unberührt, ein großer Blumenstrauß auf einem runden Tisch neben einem gemütlich aussehenden Sessel. Wie im Wohnbereich war auch hier alles in Blau und Beige gehalten.

Auch hinter der Tür zur Linken lag ein Schlafzimmer. Dieses war noch größer als das erste Schlafzimmer und zusätzlich führte eine Tür auf einen Balkon. Auch hier gab es frische Blumen, auch hier war das Bett unberührt. Doch auf dem schmalen Tisch vor dem großen runden Wandspiegel lag eine kleine Tasche und am Fußende des Bettes stand ein Rollkoffer.

»Das war das Schlafzimmer, das Heseler benutzt hat«, stellte Sina fest und zog die Tür wieder zu. »Dann sehen wir uns mal den Fundort an.«

Im Bad blickte Sina sich zuerst staunend um. »Das ist größer als mein Wohnzimmer. Also mein ehemaliges Wohnzimmer meine ich.«

»Das ist auch größer als Jans Wohnzimmer«, murmelte Sven, der schräg hinter ihr stand. »Ich glaube, ich habe noch nie ein so großes Badezimmer gesehen.«

Ich auch nicht, dachte Sina. Sie betrachtete die freistehende, achteckige Badewanne, die von einem breiten Rand umgeben war, auf dem ebenfalls ein großer Blumenstrauß sowie einige Flaschen mit exklusiv aussehendem Badezusatz und Shampoo standen.

Die Wand hinter dem Doppelwaschbecken war komplett verspiegelt, wobei in einen Teil der Spiegelfläche ein Mosaik eingelassen war. Daneben gab es eine große, verglaste Duschkabine, die sowohl über einen Rain Shower-Duschkopf als auch über eine Handbrause verfügte.

»Ich glaube, zur Sauna geht es da lang.« Sven deutete auf eine Trennwand, die halb in den Raum hineinragte. Die Wand war strahlend weiß gestrichen und wurde ebenfalls von einem Mosaik geziert, dieses in Blau- und Grüntönen.

Sven hatte recht. Hinter der Wand befand sich ein kleiner Umkleidebereich mit Kleiderhaken und einer Marmorbank, auf der ein zerknüllter weißer Bademantel lag. Direkt gegenüber von Sinas Standort führte eine Milchglastür in die Sauna. Diese Tür war weit geöffnet, sodass Sina direkt in die Sauna hineinsehen konnte.

»Wir müssen Angela Koch nachher fragen, ob sie die Tür geöffnet hat«, murmelte Sina und trat näher.

In der Sauna gab es an drei Seiten Holzbänke, die jedoch so schmal waren, dass maximal drei Personen Platz fanden.

Der Tote war vollständig bekleidet, trug beige Chinos, ein schwarzes Poloshirt und ebenfalls schwarze Socken, jedoch keine Schuhe. Er lag auf dem Boden zwischen den Bänken, das Gesicht nach unten gewandt, die Hände auf dem Rücken. Um die Handgelenke war ein brauner Lederriemen geschlungen, wahrscheinlich ein Gürtel.

»Er ist auch an den Fußgelenken gefesselt«, sagte Sven.

Jetzt sah auch Sina die weiße Fessel, die um die Beine des Mannes geknotet war. Sie wandte den Kopf, deutete auf den Bademantel. »Sieht aus wie der Gürtel dieses Bademantels.«

»Der Täter kam also unvorbereitet und hat genommen, was da war«, meinte Sven.

»Ja. Ich bin mir sicher, wir werden herausfinden, dass der Ledergürtel um die Handgelenke Heseler gehörte. Er trägt nämlich keinen.« Sina trat einen Schritt vor, befand sich nun im Inneren der Sauna. Der Tote lag direkt vor ihren Füßen.

Sie ging in die Hocke, betrachtete seinen Hinterkopf. »Ich sehe auf den ersten Blick keine äußeren Verletzungen. Was nicht heißen muss, dass es die nicht gibt.«

»Doktor Singer wird uns mehr sagen können«, meinte Sven.

»Ruf ihn bitte gleich an. Die Kollegen von der Spurensicherung brauchen wir natürlich auch.«

Sina zog ebenfalls ihr Handy hervor, doch nicht, um zu telefonieren. Sie machte einige Fotos der Leiche aus allen möglichen Aufnahmewinkeln.

Dann sah sie sich die Sauna selbst genauer an. Außen neben der Milchglastür fand sie ein Bedienfeld. Im Moment war das Display dunkel.

Das kann ich jetzt nicht anfassen, da muss erst die Spusi nach Fingerabdrücken suchen.

Sina kannte sich mit Heimsaunen nicht aus, doch

sie vermutete, dass man hier nicht nur die Temperatur, sondern auch die Dauer des Saunagangs einstellen konnte.

Ich muss mich schlau machen, wie das alles funktioniert und auch, wie lange man sich normalerweise in einer Sauna aufhält. Ob Heseler an den Folgen der Hitze gestorben ist? Wie lange muss er dann dort drin gewesen sein? Und bei welcher Temperatur? Das sind alles Fragen, die ich Singer stellen muss.

Sie machte sich Notizen in ihrem Buch. Dann trat sie wieder in die Sauna und sah sich in deren Innerem um.

Neben der Tür entdeckte sie einen Knopf mit der Aufschrift *Not-Stopp.*

Oh, eine Sicherheitsmaßnahme. Wahrscheinlich kann man mit Hilfe dieses Schalters sofort die Sauna ausschalten, falls man sich unwohl fühlt.

Sina sah erneut auf den am Boden liegenden Toten. *Ist er deshalb gefesselt worden? Damit er nicht an diesen Knopf herankommt? Dann hat jemand die Temperatur und die Dauer so hoch eingestellt, dass er ... ja, was passiert da eigentlich mit dem menschlichen Körper? Kreislaufversagen, Herzinfarkt, Hitzschlag?*

»Die Kollegen von der Spurensicherung machen sich innerhalb der nächsten Stunde auf den Weg«, sagte Sven.

Sina drehte sich zu ihrem Kollegen um. »Was ist mit Singer? Ich habe jetzt schon jede Menge Fragen an ihn.«

»Der ist gerade im Autopsiesaal. Sein Assistent meinte, er wird in etwas über einer Stunde fertig sein. Ich hoffe, er kommt dann auch sofort.«

Sina nickte. »Gut, dann lass uns diese Angela Koch befragen. Hier können wir im Moment nichts weiter tun.«

***

Angela Koch war eine zierliche Frau um die dreißig mit blonden, schulterlangen Locken. Ihr blasser Teint wurde durch rote Flecken verunstaltet und auch ihre Augen waren gerötet und die Lider geschwollen.

Sie sieht aus, als hätte sie stundenlang ununterbrochen geweint, dachte Sina, als sie Marin Heselers persönliche Assistentin musterte.

Die Frau, die Sina und Sven die Zimmertür geöffnet hatte, wirkte ebenfalls erschüttert, doch längst nicht so mitgenommen wie Angela Koch. Sie hatte sich als Jessica Holzmann vorgestellt und erklärt, sie sei eine der Seminarteilnehmerinnen.

»Ich kam gerade von meinen morgendlichen Yogaübungen am Strand zurück, als ich Angela an der Rezeption stehen sah, vollkommen aufgelöst. Ich habe angeboten, mich um sie zu kümmern.«

Jessica saß neben Angela auf einer Couch, die wohl bei Bedarf als Zusatzbett hergerichtet werden konnte, während Sina und Sven sich in zwei zur Couch passende Sessel gesetzt hatten.

Angela Kochs Zimmer war zwar keine luxuriöse Suite wie die Unterkunft ihres Chefs, doch auch dieses Zimmer war geräumig und elegant eingerichtet.

»Frau Koch, mir ist klar, dass Sie sehr erschüttert sind, aber meinen Sie, Sie könnten uns einige Fragen beantworten?«

Angela Koch sah Sina mit einem verhangenen Blick an, als nähme sie ihre Umgebung nur wie durch einen Schleier wahr.

Das werden die Auswirkungen des Beruhigungsmittels sein, dachte Sina. Sie lächelte der jungen Frau aufmunternd zu.

»Ja, ich werde mein Bestes versuchen.« Angelas Stimme war leise, sodass Sina sich ein wenig vorbeugte, um sie besser verstehen zu können. »Was wollen Sie denn wissen?«

Sie wischte die Hände an ihrer hellbraunen Hose ab, die wie Sina bemerkte, farblich perfekt auf ihren leichten Strickpulli abgestimmt war. Am linken Handgelenk trug sie eine schlichte silberne Armbanduhr.

»Fangen wir ganz am Anfang an. Sie gingen heute früh in Marin Heselers Suite. Wie sind Sie dort überhaupt hineingekommen?«

»Ich hatte eine Schlüsselkarte«, sagte Angela. »Natürlich habe ich zuerst geklingelt, aber dann habe ich sofort meine Schlüsselkarte benutzt. Im Wohnbereich habe ich mich an den Tisch gesetzt und dort auf Marin gewartet, um mit ihm den Tagesablauf durchzusprechen. So machen wir das immer, wenn wir in einem Hotel sind.«

»Was taten Sie, als Marin nicht erschien?«

»Nach ein paar Minuten wurde ich unruhig, dachte, er sei vielleicht noch im Bad. Also ging ich in den Flur und rief nach ihm. Es kam keine Antwort, aber ich konnte auch weder die Dusche noch irgendwelche anderen Geräusche hören. Ich sah auf die Uhr, es war schon kurz nach acht und Marin war ein Frühaufsteher, auch am Wochenende.«

Sie schwieg kurz, schien sich sammeln zu müssen. »Ich klopfte an die beiden anderen Türen, aber es kam wieder keine Antwort. Dann bekam ich Angst, fürchtete, dass ihm etwas passiert sein könnte, dass er vielleicht gestürzt war. Also ging ich ins Badezimmer.«

Tief holte Angela Luft. Als sie weitersprach, zitterte ihre Stimme. »Das Bad sah vollkommen unbenutzt aus, alle Handtücher gefaltet aufgehängt, die Dusche und die Waschbecken trocken ... Zu diesem Zeitpunkt war ich sehr verwirrt, weil ich einfach nicht verstehen konnte, warum Marin nicht in seinem Zimmer ist, wenn er doch weiß, dass wir um acht Uhr unsere Morgenbesprechung haben.«

Sie legte sich eine Hand über die Augen. »Ich wollte schon wieder gehen, da bemerkte ich die Trennwand. Ich sah dahinter nach und entdeckte die Sauna. Durch die Milchglasscheibe sah ich einen Schemen. Ich rief erst Marins Namen. Dann ging ich hin und zog die Tür auf.«

Ihre Unterlippe zitterte. »Und da lag er. Ich wusste sofort, dass er tot ist.«

»Was taten Sie dann?«, fragte Sina mit sanfter Stimme.

»Ich ging zu ihm, kniete mich neben ihn, legte ihm eine Hand an den Hals. Er war ganz kalt.« Angela bedeckte ihren Mund mit einer Hand, so als müsse sie aufsteigende Übelkeit unterdrücken.

Jessica Holzmann, die immer noch neben Angela saß, legte ihr eine Hand auf die Schulter.

»Gehe ich recht in der Annahme, dass die Sauna ausgeschaltet war, als Sie Herrn Heseler fanden?«

Angela nickte. »Ja, das war sie.«

»Vielen Dank, Angela. Das hilft uns alles sehr weiter«, sagte Sina. »Wir haben nur noch einige Fragen, dann lassen wir Sie in Ruhe. Könnten Sie uns Informationen über die nächsten Angehörigen von

Herrn Heseler geben, damit wir diese verständigen können?«

Mit tränenverhangenen Augen sah Angela Sina an und nickte. »Seine Schwester, Riva. Sie wohnt ebenfalls in Berlin. Die Eltern sind vor einigen Jahren nach Spanien ausgewandert, verbringen dort ihren Ruhestand. Ich kann Ihnen alle Adressen und Telefonnummern geben.«

Sie deutete auf den Schreibtisch, der an der gegenüberliegenden Wand stand. »Ich habe alles in meinem Smartphone gespeichert. Ich kann es Ihnen entweder mailen oder aber auch ausdrucken.«

Sina hatte bereits gesehen, dass sich neben dem Laptop ein kleiner Drucker befand. »Ein Ausdruck wäre großartig«, sagte sie. »Wie sieht es mit einer Lebensgefährtin aus? War Herr Heseler verheiratet?«

»Oh, nein«, sagte Angela und schüttelte heftig den Kopf. »Er hat sich erst vor einigen Monaten von seiner Lebensgefährtin getrennt. Dorothe Kneise. Ihre Kontaktdaten kann ich Ihnen ebenfalls geben, ich habe sie noch nicht gelöscht.«

Angela erhob sich von der Couch. »Ich habe nicht nur Marins geschäftlichen Terminkalender verwaltet, sondern auch seinen privaten. Darum habe ich alle diese Informationen abgespeichert.«

Sie schaltete ihren Laptop ein.

»Könnten Sie uns auch eine Liste aller Seminarteilnehmerinnen geben?«, bat Sina. »Auch am besten mit Telefonnummern und Adressen.«

»Selbstverständlich«, murmelte Angela.

»Wie viele Frauen haben denn an diesem Wochenendseminar teilgenommen?«, fragte Sina.

»Zwölf. Sie wohnen alle hier im Hotel. Die Zimmernummern stehen auch auf meiner Liste.« Der

Drucker surrte und wenig später reichte Angela Sina zwei Ausdrucke.

Sina überflog das Blatt mit den Anschriften der Verwandten und der Ex-Freundin. Eine Adresse an der Costa del Sol in Spanien, zwei in Berlin.

Dann wandte sie sich der Liste der Teilnehmerinnen zu. Fein säuberlich in Tabellenform und in alphabetischer Reihenfolge enthielt sie Namen, Vornamen, Zimmernummern, Telefonnummern und Adressen. Sina fiel auf, dass die Frauen aus allen Teilen Deutschlands kamen. Eine war sogar aus der Schweiz angereist.

Jessica Holzmanns Name stand ungefähr in der Mitte der Liste. Sina sah, dass sie in Hamburg lebte.

»War das alles oder brauchen Sie noch etwas?«

Sina blickte von der Liste auf und bemerkte, dass Angela den Kopf auf beide Hände gestützt am Schreibtisch saß. Sie wirkte unendlich erschöpft.

»Danke, das war fürs Erste alles.« Sina stand auf und legte der jungen Frau eine Hand auf die Schulter. »Gehen Sie am besten ins Bett und versuchen Sie, ein wenig zu schlafen.«

Angela hob den Kopf und sah Sina dankbar an. »Ja, das werde ich tun.«

***

Sina und Sven hatten vom Büro des Hoteldirektors aus alle Teilnehmerinnen angerufen und gebeten, sich in den Konferenzraum zu begeben, in dem heute eigentlich der zweite Tag von Marin Heselers Seminar hätte stattfinden sollen.

Dann hatte Brecht sie zu dem Raum begleitet, an dessen Tür ein Ausdruck hing, der darüber informierte, dass sich der Beginn des Seminars verzögere und die Teilnehmerinnen in ihren Zimmern warten sollten, bis sie kontaktiert würden.

»Dies schien mir auf die Schnelle die beste Lösung«, sagte der Hoteldirektor und nahm den Zettel ab. »Ich war mir nicht sicher, ob es Ihnen recht gewesen wäre, wenn wir die Damen darüber informieren, was geschehen ist.«

»Das war tatsächlich eine sehr gute Idee von Ihnen«, meinte Sina.

Der Raum war wie alle Bereiche des Hotels, die Sina bislang zu Gesicht bekommen hatte, elegant, aber auch funktionell gestaltet. Zwölf Stühle waren hufeisenförmig vor einem kleinen Podium aufgebaut. Auf einem langen Tisch an einer Seite des Raumes standen Gläser und Tassen, Wasserflaschen sowie Kaffee- und Teekannen. Außerdem eine große Platte mit Gebäck.

Brecht deutete auf diesen Tisch. »Unser Personal hatte schon alles für den Tag vorbereitet. Bedienen Sie sich ruhig, Kaffee und Tee sollten noch heiß sein.«

Sina und Sven bedankten sich und der Hoteldirektor zog sich zurück, nachdem er ihnen den Schlüssel zum Konferenzraum gegeben hatte.

Sven schenkte zwei Tassen Kaffee ein, fügte Milch und Zucker hinzu und reichte Sina eine der Tassen.

Sie bedankte sich und sog tief das belebende Aroma ein. Als sie den ersten Schluck genommen hatte, betraten zwei Frauen den Seminarraum.

Beide sahen Sina und Sven fragend an. »Wo ist Marin?«, fragte die jüngere der beiden mit Schweizer Akzent.

»Bitte nehmen Sie Platz«, sagte Sina und deutete

auf die Stühle. »Wir werden Ihnen alles erklären, sobald alle Teilnehmerinnen anwesend sind.«

Als Nächste kam Jessica Holzmann. »Angela schläft jetzt«, sagte sie leise zu Sina, bevor auch sie sich einen Kaffee holte und sich setzte.

Nach und nach trudelten die restlichen Seminarteilnehmerinnen ein.

Eine wirklich kunterbunte Mischung, dachte Sina. *So unterschiedlich sehen also Frauen aus, die mal eben dreitausend Euro für ein Wochenendseminar zum Thema Partnersuche locker machen.*

Sie schätzte die jüngste Teilnehmerin auf Mitte zwanzig, die älteste auf um die fünfzig. Nicht nur, was das Alter betraf, war die Bandbreite groß, auch was Aussehen und Auftreten anging.

Sinas Blick blieb an einer elegant gekleideten Mittvierzigerin hängen, die wirkte wie eine erfolgreiche Geschäftsfrau auf dem Weg zu einem Businessmeeting, dann an einer Frau in den Dreißigern, die sehr bunt und lässig gekleidet war.

Schließlich nickte Sina Sven zu, der daraufhin die Tür des Konferenzzimmers schloss, damit sie ungestört blieben.

Sina stellte ihre Tasse weg und begab sich zu dem kleinen Podium. »Vielen Dank, dass Sie alle so schnell gekommen sind. Mein Name ist Sina Marten, das dort drüben ist mein Kollege Sven Haycken. Wir sind von der Kripo Sylt.«

Leises Getuschel setzte ein.

»Leider muss ich Ihnen mitteilen, dass Herr Heseler heute früh tot in seinem Zimmer aufgefunden wurde. Alles deutet auf Fremdverschulden hin.«

Entsetzte Blicke begegneten Sina, eine der Frauen stieß einen unterdrückten Schrei aus.

»Der zweite Seminartag fällt also offensichtlich aus«, fuhr Sina fort. »Wie hier das Prozedere bezüglich Rückerstattungen sein wird, kann ich Ihnen natürlich nicht sagen. Aber wir möchten Sie bitten, nicht abzureisen, bevor wir Sie nicht alle befragt haben.«

»Marin wurde ermordet?«, rief eine dunkelhaarige Frau, die ganz an der Seite saß. Sie hielt eine Kaffeetasse mit beiden Händen umklammert. Pures Entsetzen malte sich auf ihrem stark geschminkten Gesicht ab.

»Es sieht ganz danach aus«, bestätigte Sina.

»Sind wir verdächtig?« Diese Frage kam von einer jungen, hübschen Frau mit Stupsnase und langen dunklen Haaren, die sie offen über die Schultern fallend trug. Ihr Make-up betonte ihre großen Augen und vollen Lippen.

Sina hob beide Hände. »Nein, natürlich nicht, Frau ...?«

»Weber, Chloe Weber.«

Sina runzelte die Stirn und zog ihren Ausdruck der Teilnehmerliste zu Rate. Sie konnte sich nicht erinnern, den Namen Chloe darauf gesehen zu haben. Sie fand den Namen Weber ganz unten auf der Liste.

»Hier steht Anne Weber.« Fragend sah sie die junge Frau an.

Die schlug die Augen nieder. »Ja, das ist mein eigentlicher Name. Aber alle nennen mich Chloe.«

Sina ließ diesen Satz unkommentiert, dachte sich aber ihren Teil. *Ist ihr Anne nicht apart genug? Will sie sich mit dem Namen Chloe interessant machen?*

Sie hob die Liste. »Wir möchten gerne mit allen von Ihnen kurz sprechen. Damit es schneller geht, werden mein Kollege und ich uns die Befragungen aufteilen.«

***

Da die beiden Polizisten bei ihren Befragungen der einzelnen Teilnehmerinnen alphabetisch vorgegangen waren, hatte Jess fast eine Stunde warten müssen, bis sie an die Reihe gekommen war.

Das Hotel hatte zusätzlich zu dem Seminarraum einen weiteren Veranstaltungsraum zur Verfügung gestellt, damit die Gespräche ohne jegliche Störungen stattfinden konnten.

Jess musterte den Polizisten, der sich ihr nochmals als Sven Haycken vorgestellt hatte, unverhohlen.

Wirklich attraktiv. Ebenmäßige Gesichtszüge, schöne Augen und eine Traumfigur. Schade, dass er zu jung für mich ist.

Sie schätzte den Polizisten auf Mitte dreißig, sie selbst war Anfang vierzig, fühlte sich jedoch in der Regel zu Männern hingezogen, die ungefähr zehn Jahre älter waren.

Wer weiß, vielleicht ändert sich das ja jetzt? Vielleicht bin ich in den Cher-Jahren meines Lebens angekommen?

Sie sah zu, wie Haycken in einem Notizblock blätterte.

Schöne, ausdrucksstarke Hände hat er auch.

»Frau Holzmann, ich sehe, Sie wohnen in Hamburg.«

Jess bejahte.

»Wir sind in einem ersten Schritt vor allem daran interessiert, uns ein möglichst genaues Bild des Verstorbenen zu machen«, begann Sven. »Kannten Sie

Herrn Heseler bereits vor diesem Seminar oder sind Sie ihm gestern erstmalig begegnet?«

Jess lehnte sich entspannt in ihrem Stuhl zurück. »Vorgestern. Ich habe ihn das erste Mal persönlich von Angesicht zu Angesicht bei dem Sektempfang gesehen, der am Freitagabend hier im Hotel für alle Seminarteilnehmerinnen veranstaltet wurde. Davor kannte ich ihn nur von Instagram und YouTube.«

Haycken machte sich Notizen, dann sah er Jess wieder an. »Was für einen Eindruck hatten Sie von Heseler?«

»Ganz subjektiv?«

Der Polizist nickte ihr zu.

Jess überlegte kurz. »Smart. Das ist das erste Wort, das mir zu Marin Heseler einfällt. Das deckt alles ab. Sein gepflegtes Äußeres, seine Geschäftstüchtigkeit, die Inhalte, die er seinen Klientinnen vermittelt.« Sie beugte sich ein wenig vor. »Über den Menschen hinter dieser glatten, smarten Fassade kann ich Ihnen jedoch leider nichts sagen.«

»Ist Ihnen gestern oder auch am Freitagabend irgendetwas im Umfeld von Herrn Heseler aufgefallen, das darauf hindeutete, dass ihm jemand nicht wohlgesonnen war? Gab es zum Beispiel eine Auseinandersetzung mit jemandem? Irgendetwas in der Art?«

Jess schüttelte den Kopf. »Nein, tut mir leid.« Sie lachte auf. »Ganz im Gegenteil, ich hatte das Gefühl, dass alle Anwesenden Marin extrem wohlgesonnen waren. Sie müssen sich das mal vorstellen: Er als Hahn im Korb mit dreizehn Frauen um ihn herum.«

»Dreizehn? Sie sind doch aber nur zu zwölft.« Eine kleine Längsfalte tauchte zwischen Sven Hayckens Augenbrauen auf.

Er ist sogar süß, wenn er verwirrt ist. Das gefällt

mir.

Jess lächelte Sven zu. »Sie haben Angela vergessen. Die war natürlich auch anwesend. Sie folgte Marin wie ein Schatten.« Sie senkte die Stimme, beugte sich vertraulich vor. »Wenn Sie mich fragen, ist die ja heimlich in ihn verliebt. Sie hatte immer so etwas in ihrem Blick, wenn sie ihn ansah.«

Sie seufzte. »Und dann hat ausgerechnet sie ihn heute früh tot aufgefunden. Das arme Mädchen. Aber Sie haben sie ja selbst gesehen. Sie ist am Boden zerstört.«

»Haben Sie für diese Vermutung besondere Anhaltspunkte? Oder ist das nur ihre weibliche Intuition?«

Mit gespielter Empörung stemmte Jess beide Hände in die Taille. »Nur meine weibliche Intuition? Ich glaube, das Wort nur ist in diesem Zusammenhang nicht angebracht.« Sie lächelte, um Haycken zu zeigen, dass sie ihn nur ein wenig aufziehen wollte.

Doch der sah sie nur stoisch an.

Humor scheint er leider keinen zu haben.

»Brauchen Sie eigentlich ein Alibi von mir?«, wechselte sie das Thema.

Er schüttelte den Kopf. »Wir wissen noch nicht, wann und wie der Tod eingetreten ist. In dieser Hinsicht werden wir noch einmal auf Sie zukommen.«

Oh ja, du kannst jederzeit gerne auf mich zukommen.

Jess setzte sich aufrecht hin und drückte ein wenig das Kreuz durch, sodass ihre Oberweite besser zur Geltung kam. Dann fuhr sie sich mit einer Hand durch die dunkelblonden Haare, die sie ausnahmsweise offen trug.

Täuschte sie sich oder glomm da ein Hauch von

Interesse in den Augen des gutaussehenden Polizisten auf?

Sie lächelte ihn strahlend an. »Wissen Sie, ich habe dieses Seminar gebucht, weil ich nach der Scheidung von meinem Ehemann möglichst schnell wieder einen neuen Partner finden möchte. Ich habe zwar einen sehr großen Bekanntenkreis, aber in meinem Alter, da möchte man nichts mehr dem Zufall überlassen.«

Jess klimperte mit den Wimpern. »Sie verstehen, was ich meine?«

»Äh ja, ich glaube schon.« Haycken senkte rasch den Blick auf seine Notizen. »Vielen Dank für Ihre Zeit, Frau Holzmann, das wäre fürs Erste alles.«

Jess stand auf und wandte sich zum Gehen. Doch dann beugte sie sich ein wenig vor. »Nennen Sie mich Jess. Frau Holzmann, das klingt so steif. So alt bin ich ja nun doch noch nicht.«

Sie zwinkerte Haycken zu, der ein wenig rot wurde. Dann drehte sie sich schwungvoll um und stolzierte aus dem Raum.

Ich hab's immer noch drauf. Zwölf Jahre Ehe haben meinen Flirtkünsten nicht geschadet. Ich kann sogar einen attraktiven Polizisten zum Erröten bringen.

***

Anne Weber, die lieber Chloe genannt werden wollte, war die letzte Seminarteilnehmerin, die Sina befragte. Die Neunundzwanzigjährige gab an, in Nürnberg zu wohnen und dort in einer exklusiven Boutique für Damenmode zu arbeiten.

»Wissen Sie, ich habe mir schon seit zwei Jahren

alle, wirklich alle Videos angesehen, die Marin auf YouTube hochgeladen hat. Er hat ja so fantastische Ideen und Tipps und er bringt das alles auch so gut rüber«, schwärmte Chloe.

Schlagartig verdüsterte sich ihre Miene. »Das heißt, jetzt muss ich ja in der Vergangenheit von ihm sprechen. Es wird keine neuen Videos mehr geben. Ich kann das immer noch gar nicht glauben. Wer hat das nur getan?«

»Um das herauszufinden, sind wir ja hier«, sagte Sina gelassen.

»Ich hoffe, Sie finden denjenigen schnell«, hauchte Chloe. Dann riss sie die Augen weit auf. »Denken Sie, es war eine von uns? Aber nein, das kann doch gar nicht sein. Es war sicher ein Einbrecher, oder?«

Sina schüttelte den Kopf. »Sie werden verstehen, dass ich zu den näheren Umständen von Herrn Heselers Tod keine Angaben machen kann. Laufende Ermittlungen.«

Chloes Augen wurden kreisrund. »Das ist ja wie im Film«, flüsterte sie.

Sina ging die übertriebene Art der Modeverkäuferin langsam ein wenig auf die Nerven. »Könnten Sie sich denn vorstellen, ob eine der anderen Seminarteilnehmerinnen einen Grund hatte, Herrn Heseler zu töten?«

Gedankenverloren zupfte Chloe an ihrer Unterlippe. »Nun, ich kenne die anderen Teilnehmerinnen ja kaum. Wir haben uns bei einem Glas Sekt am Freitagabend kennengelernt. Dann das Seminar gestern. Aber die Pausen und die Zeit vor und nach dem Seminar habe ich mich für mich gehalten. Ich kann Ihnen also so gut wie nichts über die anderen sagen. Aber warum sollte eine von ihnen etwas gegen Marin gehabt haben? Wir sind doch alle hier, weil wir seine Hilfe wollten. Da wäre es ja sehr unsinnig, ihn zu töten.«

Dieser Argumentation konnte Sina nichts entgegensetzen. *Wo sie recht hat, hat sie recht. Wer würde denn dreitausend Euro bezahlen, um dann den Coach zu töten? Noch dazu, bevor das Seminar zu Ende ist.*

Dieser Gedankengang brachte Sina jedoch auf eine Idee. »Waren Sie denn zufrieden mit der Qualität des Seminars? Haben Sie das Gefühl, dass die Inhalte, die Herr Heseler vermittelt, Ihnen wirklich weiterhelfen könnten?«

Erneut riss Chloe weit die Augen auf. »Aber ja! Marin ist, ich meine, war, ein fantastischer Coach.«

Sina machte sich eine Notiz. Sie wollte sich aus purer Neugierde ein wenig mit dem, was Marin Heseler in seinem Seminar gelehrt hatte, befassen. *Wir haben seinen Laptop, da werden ja sicher alle seine Präsentationen gespeichert sein.*

»Ich möchte Ihnen nicht zu nahe treten, Frau Weber, aber Sie sagten, Sie arbeiten als Verkäuferin. Dieses Wochenende hat immerhin dreitausend Euro gekostet, dazu die Anreise aus Nürnberg. Wie können Sie sich so ein kostspieliges Seminar leisten?«

Chloe lächelte Sina an. »Ich habe fast ein Jahr lang gespart. Habe mich eingeschränkt und Überstunden gemacht, wo es nur ging. Im letzten Urlaub bin ich nicht weggefahren und statt meinem geliebten Starbucks Latte habe ich meinen Coffee to Go daheim selbst gekocht.«

Sie lachte ein glockenhelles Lachen. »Den habe ich dann in meinen Starbucks-Thermosbecher gefüllt und keiner hat's gemerkt.«

Ein wenig befremdet betrachtete Sina ihr Gegenüber. *War das ein Witz oder ist das etwas, das ihr wirklich wichtig ist? Dass alle denken, sie kann sich Starbucks leisten, obwohl das gar nicht der Fall ist?*

Dass Chloe sich sehr gut kleidete, war Sina sofort aufgefallen. Der tief ausgeschnittene, smaragdgründe Jumpsuit, den die junge Frau trug, betonte ihre schlanke Figur und war aus einem hochwertig wirkenden Material und von guter Verarbeitung. *Der war sicher nicht billig, aber wahrscheinlich bekommt sie Personalrabatt.*

Chloes Outfit, ihr Verhalten und jetzt auch noch die Anekdote über den Kaffee ließen Sina vermuten, dass Chloe großen Wert auf Äußerlichkeiten legte.

Was ja nichts Schlimmes ist.

Sina schrieb sich noch rasch diese Überlegung auf, dann klappte sie ihr Notizbuch zu. »Vielen Dank, Frau Weber. Wie bereits vorhin gesagt, reisen Sie bitte noch nicht ab. Wir werden wahrscheinlich noch einmal mit Ihnen sprechen müssen.«

Wieder ertönte das glockenhelle Lachen. »Ich habe nicht vor, frühzeitig abzureisen. Dieses Hotel ist fantastisch und wie Sie ja nun wissen, habe ich mir diesen Sylt-Aufenthalt regelrecht vom Munde abgespart. Ich werde ihn bis zum Letzten auskosten.«

***

»Ich bin wirklich überrascht, wie unterschiedlich die Frauen sind, die an diesem Seminar teilgenommen haben«, sagte Sina.

Sven gab einen zustimmenden Laut von sich. Sprechen konnte er nicht, denn er hatte gerade von dem Fischbrötchen abgebissen, das er sich als verspätetes Mittagessen gekauft hatte.

Auch Sina hatte sich ein Brötchen mit Matjes besorgt. Da es ein schöner Herbsttag war, saßen sie nun auf einer Bank in der Nähe des Lister Hafens und ließen den Blick über das Meer schweifen.

Sina fand, diese kleine Auszeit hatten sie sich nach den stundenlangen Befragungen im Elysian Escape Hotel redlich verdient.

Mittlerweile war die Spurensicherung eingetroffen, doch Dr. Gerhard Singer, der Rechtsmediziner war noch nicht auf Sylt. Er hatte sein Kommen jedoch für den späten Nachmittag angekündigt. Sina und Sven würden ins Hotel zurückkehren, sobald er sich die Leiche des Beziehungscoachs ansehen konnte.

Doch bis dahin genossen sie die kühlen Sonnenstrahlen und ihr Mittagessen und überlegten, wie sie weiter vorgehen sollten.

»Unsere nächste Aufgabe ist, der Schwester und den Eltern Bescheid zu geben«, meinte Sina.

»Wollen wir damit nicht lieber warten, bis Singer uns erste Informationen zur Todesursache gegeben hat?« Sven hatte fertiggekaut und spülte nun mit einem Schluck aus einer Flasche Cola nach. »Die Angehörigen werden sicher Fragen haben. Schließlich wird es ein großer Schock für sie sein, dass der Bruder beziehungsweise Sohn so plötzlich tot ist.«

Sina kaute nachdenklich. Einerseits hatte Sven natürlich recht, andererseits wollte sie nicht riskieren, dass die Angehörigen vielleicht aus den sozialen Medien von Marin Heselers Tod erfuhren.

Sie hatten zwar allen Seminarteilnehmerinnen und Angela Koch eingeschärft, nichts über das Geschehen weiterzuerzählen oder gar online zu teilen, doch darauf wollte Sina sich nicht verlassen.

Irgendjemanden, der nicht dicht halten kann, gibt es doch immer.

Sie sah auf die Uhr. »Mehr als zwei Stunden möchte ich damit wirklich nicht warten«, sagte sie. »Was ich vorher noch tun möchte, ist im Internet mehr über diesen Heseler herauszufinden. Mir seine Website, seinen Instagram-Account und seinen YouTube-Kanal ansehen.«

»Ich dachte, du kennst den? Was war das, was du heute früh im Lift gesagt hast?«

Sina machte eine wegwerfende Handbewegung. »Ach, ich habe vor einigen Tagen beim Frühstück einen Artikel im Sylter Boten über ihn und dieses Seminar gelesen. Da stand eben auch drin, dass er sich seine Weisheiten mit dreitausend Euro vergüten lässt. Ich habe mich ein wenig über die ganze Sache aufgeregt. Ich fand und finde es auch immer noch ziemlich widerlich, mit den Gefühlen und Hoffnungen einsamer Frauen Geld zu machen. Das ist doch die reinste Abzocke.«

»Also, ganz ehrlich, wie einsame Herzen kamen mir die Damen nicht vor«, sagte Sven. »Diese Jessica Holzmann zum Beispiel machte mir einen äußerst lebenslustigen und selbstbewussten Eindruck.«

Sina musterte ihren Kollegen von der Seite. »Die gefällt dir wohl?«

Sven wandte den Blick ab, widmete sich ganz seinem Brötchen.

»Ha, habe ich ins Schwarze getroffen? Wirst du etwa rot?«

»Nein, absolut nicht«, grummelte Sven und schob sich den letzten Bissen seines Mittagessens in den Mund. Er knüllte das Einwickelpapier zusammen und stand auf.

Grinsend wickelte Sina den Rest ihres Brötchens ein und folgte Sven.

Da bin ich jetzt aber mal gespannt, wie sich das weiterentwickelt. *Nicht, dass diese Jessica das, was sie gestern gelernt hat, direkt an Sven ausprobiert.*

***

Sina saß in ihrem Büro am PC und versuchte, die zahlreichen Ergebnisse, die ihre Online-Suche zum Namen Marin Heseler erbracht hatte, irgendwie zu sichten.

Am besten, ich fange mit seiner Website an. Da sehe ich zwar nur, wie er selbst sich in der Öffentlichkeit wahrgenommen sehen wollte, aber alles andere würde jetzt zu weit führen. Ich habe maximal eine halbe Stunde, bis Sven und ich zurück ins Hotel fahren müssen. Wenn ich jetzt schon danach suche, was andere über ihn dachten, würde das zu lange dauern. Das muss ich mir für später aufheben.

Die Website des Coachs war schlicht und elegant in dezenten Farbtönen gehalten. Die Werbetexte versprachen Exklusivität und hohe Qualität.

Immer schneller scrollte Sina durch die verschiedenen Unterseiten. *Alles nur Worthülsen, leeres Geschwätz. Keine konkreten Aussagen, nichts Handfestes, mit dem man wirklich etwas anfangen könnte.*

Sina hielt inne und verdrehte die Augen, als sie die Überschrift über dem nächsten Absatz sah. *Sei bereit für die Liebe und sie wird dich finden, wenn ich das schon lese. Wie kann eine auch nur halbwegs vernunftbegabte Frau so einem offensichtlichen Schar-*

latan so viel Geld in den Rachen werfen?

Sie dachte an die zwölf Frauen zurück, von denen sie sechs befragt hatte. *Diese junge Schweizerin schien mir tatsächlich ein wenig naiv, Anne alias Chloe war offensichtlich überaus begeistert von allem, was Marin Heseler sagte und tat, aber dann war da auch noch diese Nadine aus Coburg, die machte eigentlich einen ganz vernünftigen Eindruck.*

Sina rief sich das, was die neununddreißigjährige Studienrätin gesagt hatte, ins Gedächtnis. *Ich habe so viel versucht und nichts hat funktioniert. Da dachte ich mir, ich hole mir professionelle Hilfe. Was habe ich denn zu verlieren dabei? Nichts.*

Sina verzog den Mund. *Außer dreitausend Euro. Ich hoffe, wer auch immer jetzt das Geschäft von Heseler abwickeln wird, erstattet den Teilnehmerinnen die Kursgebühr.*

Sie wandte sich von ihrem PC ab und griff nach den Ausdrucken, die sie von Angela Koch erhalten hatte. *Ob sich die Eltern oder die Schwester um Heselers Nachlass kümmern werden? Das wird ja sicher ein Riesenaufwand. Ohne die Hilfe von Anwälten und Steuerberatern wird das gar nicht gehen.*

Sie legte sich die Kontaktdaten der Familie des Toten neben das Telefon. Sobald sie weitere Informationen vom Rechtsmediziner erhalten hatte, wollte sie die Schwester anrufen.

Riva, ungewöhnlicher Name. Ich bin gespannt, was sie über ihren Bruder zu sagen haben wird.

Sina sah auf die Uhr. Es war Zeit, zurück ins Elysian Escape zu fahren.

***

Während die Mitarbeiter der Spurensicherung im Eingangsbereich und im Wohnzimmer der Suite sämtliche Türen und anderen Flächen, die der Mörder berührt haben könnte, auf Fingerabdrücke untersuchten, stand Sina neben Dr. Gerhard Singer vor der Saunatür.

»Nach der ersten kurzen Untersuchung tippe ich auf Herz-Kreislaufversagen«, meinte Singer. »Er hat eine Prellung am Hinterkopf, die aber auf keinen Fall tödlich war. Entweder er hat sich diese Verletzung zugezogen, weil er gestürzt ist, oder jemand hat ihn niedergeschlagen.«

»Die Frau, die ihn fand, sagte, die Sauna sei ausgeschaltet gewesen. Das war heute früh um acht Uhr«, informierte Sina ihn.

Mit einer behandschuhten Hand deutete Singer auf den Toten. »Seine Kleidung ist stellenweise feucht und klamm. Wenn er sich nicht gerade vollbekleidet unter die Dusche gestellt hat, bevor er gefesselt und in die Sauna verbracht wurde, deutet das auf extremes Schwitzen hin. Ich schätze, der Täter hat ihn auf irgendeine Weise betäubt oder eben niedergeschlagen, dann gefesselt und hier abgelegt. Anschließend hat er oder sie die Sauna auf die höchste Temperatur und eine lange Laufzeit eingestellt.«

Sina sah auf das Bedienfeld. Es war bereits spurentechnisch untersucht worden. Probeweise drückte sie auf den Einschaltknopf. Das Display leuchtete auf.

»Fünfundsechzig Grad«, sagte sie. »Wenn das die letzte gewählte Temperatureinstellung ist, dann haben Sie recht. Ich glaube kaum, dass so eine kleine Heimsauna eine noch höhere Temperatur bietet.«

»Probieren wir es doch einfach aus«, meinte Singer und drückte auf einen nach oben zeigenden Pfeil, direkt neben der Gradanzeige. Nichts passierte. Er drückte auf den darunterliegenden Pfeil nach unten und die Temperatur ging zurück auf sechzig Grad. »Das wäre geklärt. Was wir leider nicht sehen können, ist, wie lange die Sauna lief.«

Sina machte sich eine Notiz. »Wie lange dauert es bei einer solchen Temperatur, bis der Tod eintritt?«

»Das hängt von einer ganzen Reihe von Faktoren ab«, antwortete Singer. »Allgemeine körperliche Verfassung, Stoffwechselrate und auch die Luftfeuchtigkeit im Inneren der Sauna spielt eine Rolle. Der Tod tritt in der Regel ein, sobald eine Körpertemperatur von zweiundvierzig Grad erreicht ist. Bei Personen mit Herz-Kreislauferkrankungen kann dies jedoch bereits früher der Fall sein.«

»Ich kannte Heseler zwar nur von Fotos, er machte allerdings einen körperlich fitten Eindruck«, sagte Sina.

»Ich will mich keinesfalls festlegen, aber wir können von einem ganz groben Rahmen von zwanzig bis vierzig Minuten ausgehen«, meinte Dr. Singer.

»Das ist schneller, als ich gedacht hätte«, meinte Sina.

»Ich veranlasse, dass die Leiche nach Flensburg gebracht wird. Die Obduktion werde ich sofort morgen Vormittag vornehmen.«

Sina nickte und wandte sich ab. Im Wohnzimmer waren die Kollegen von der Spurensicherung gerade dabei, den Laptop und das Handy einzupacken.

Sven kam auf Sina zu. »Die Kollegen haben mir schon zugesagt, dass wir die Daten von Computer und Smartphone morgen im Laufe des Tages erhalten werden.« Er nickte in die Richtung, aus der Sina gerade gekommen war. »Schon Erkenntnisse zur Todesursache?«

»Höchstwahrscheinlich Herz-Kreislaufversagen aufgrund Überhitzung«, meinte Sina. »Es gibt Anzeichen dafür, dass die Sauna eingeschaltet war und auf höchster Temperaturstufe lief.«

»Fies«, meinte Sven.

»Allerdings.« Sina unterdrückte ein Seufzen. »Ich muss mir jetzt erst mal überlegen, wie ich das formuliere, wenn ich nachher die Schwester des Toten anrufe.«

***

Sina verspürte eine gewisse Nervosität, als sie die Berliner Telefonnummer wählte. Sie hatte keine Ahnung, wie nahe sich die Geschwister Heseler gestanden hatten. Wie würde Riva auf die Nachricht vom Tod ihres Bruders reagieren? Hysterisch, gefasst oder gar gleichgültig?

»Heseler«, meldete sich eine weibliche Stimme und durchbrach Sinas Gedankengang.

»Guten Tag, mein Name ist Sina Marten. Ich bin Hauptkommissarin bei der Kriminalpolizei Sylt. Spreche ich mit Riva Heseler?«

Am anderen Ende der Leitung herrschte einen Moment so tiefes Schweigen, dass Sina sich schon fragte, ob die Verbindung unterbrochen worden war.

»Ist etwas mit Marin? Ist meinem Bruder etwas passiert? Kriminalpolizei sagten Sie?«

Gleichgültig wird die Reaktion schon mal nicht, dachte Sina.

»Frau Heseler, es tut mir sehr leid, Ihnen mitteilen zu müssen, dass Ihr Bruder heute morgen tot in seinem Hotelzimmer aufgefunden wurde.«

»Um Himmelswillen«, ächzte Riva Heseler. »Was ist denn nur passiert? Ein Unfall?«

»Leider sind wir uns bereits sicher, dass es sich um Fremdverschulden handelt.« Kurz zusammengefasst schilderte Sina, wie sich die Lage bislang darstellte.

»Sie denken, jemand hat ihn so lange in einer Sauna eingesperrt, bis er tot war?« Ungläubigkeit triefte aus jedem einzelnen Wort. »Aber ... Wer sollte denn so etwas tun? Marin war überall beliebt.«

Damit nimmt sie mir schon eine Frage vorweg.

»Sie können sich also nicht vorstellen, wer das getan haben könnte?«, vergewisserte sie sich.

»Nicht im Geringsten.« Wieder eine kurze Pause. »Moment mal, Sie sagten Sylt? Was wollte Marin denn auf Sylt? Urlaub?«

»Nein, er hat hier in einem Hotel ein Wochenendseminar gegeben. Das heißt, natürlich konnte nur der erste Tag des Seminars stattfinden.«

»Ach so, beruflich. Hätte mich sonst auch gewundert. Marin war nicht der Typ, der alleine in den Urlaub fährt und von seiner Freundin hat er sich ja gerade getrennt.«

Ah ja, die ehemalige Lebensgefährtin, die auch schon Angela Koch erwähnte.

»Standen Sie und Ihr Bruder sich nahe?«

»Doch durchaus. Aber was seinen Arbeitsterminplan angeht, bin ich natürlich nicht auf der Höhe«, sagte Riva. Sina hörte ein Klicken, dann ein tiefes Einatmen. Die Schwester des ermordeten Coachs hatte sich offenbar eine Zigarette angezündet.

»Hören Sie, ich rufe jetzt unsere Eltern an und sage ihnen Bescheid. Dann buche ich sofort den nächsten verfügbaren Flug. Spätestens morgen bin ich bei Ihnen. Wie war noch mal Ihr Name?«

Sina wiederholte ihren Namen und gab Riva Heseler auch ihre Telefonnummer. Dass die Schwester des Mordopfers nach Sylt kommen wollte, war ihr mehr als recht. Das würde die Befragung erleichtern.

Es ist immer besser, wenn man jemandem von Angesicht zu Angesicht gegenübersitzt. Am Telefon kann man weder Körpersprache noch Mimik sehen. Und die verraten ja oft sehr viel.

***

Froh darüber, dass Riva Heseler ihr die Aufgabe abgenommen hatte, die Eltern Heseler zu informieren, erledigte Sina noch den nötigen Papierkram, bevor sie sich in den Feierabend verabschiedete.

Als sie im Auto auf dem Weg zu Jans Haus saß, fielen ihr wieder die Umzugskartons ein, die sie am Morgen hatte stehen lassen müssen.

Na, da wird mich jetzt ein schönes Chaos erwarten. Aber ich bin viel zu müde, um heute Abend noch groß auszupacken.

Mit einem Lächeln musste sie an das Geplänkel über ihren geliebten Toaster zurückdenken.

Hauptsache, der steht in der Küche und ist morgen früh einsatzbereit. Alles weitere wird sich finden.

Als Sina die Haustür aufschloss und den Flur betrat, wurde sie positiv überrascht. Kein einziger Karton stand mehr im Eingangsbereich.

»Jan?«, rief sie und hängte ihre Jacke auf.

»Im Wohnzimmer«, kam die Antwort.

Sina ging durch ins Wohnzimmer, wo Jan auf der Couch saß, eine Zeitschrift aufgeschlagen auf dem

Schoß.

»Kaum bist du eingezogen, schon bin ich Strohwitwer«, sagte er in scherzendem Tonfall.

Sina ließ sich neben ihn fallen. »Glaub mir, ich hätte heute auch lieber etwas anderes getan, als zu arbeiten.« Sie sah sich um. »Sind das meine Bücher da drüben im Regal?«

»Ich habe die restlichen Kartons aus deiner alten Wohnung geholt und einiges ausgepackt. Du hattest sie ja perfekt beschriftet. Nur von deinen Kleidern hab ich die Finger gelassen. Diese Kartons stehen unangetastet oben im Gästezimmer.«

Sina sah Jan staunend an. »Alles andere hast du schon erledigt?«

Lachend stand Jan auf. »Am einfachsten war der Karton, der mit *Küche* beschriftet war. Da war ja nun wirklich nicht viel drin.« Er streckte ihr eine Hand hin, um sie von der Couch hochzuziehen. »Komm, ich mach uns was zu essen, dann erzählst du mir, wie dein Tag war.«

In der Küche setzte Jan Nudelwasser auf, während Sina Zwiebeln und Knoblauch schälte und hackte. »Wir haben schon wieder einen Mord. Im Elysian Escape Hotel.«

»Dem neuen Nobelschuppen?«

»Nobel ist das richtige Wort. Du solltest mal die Einrichtung sehen. Alles nur vom Allerallerfeinsten. Aber du wirst nicht glauben, wer der Tote ist.«

Jan sah Sina prüfend an. »Darfst du mir das überhaupt sagen?«

Sie nickte. »Morgen liest du das sowieso überall. Halt dich fest: Es ist Marin Heseler.«

»Wer?« Jan runzelte die Stirn.

Sina ließ das Messer sinken. »Der Beziehungscoach. Weißt du nicht mehr? Wir haben einen Artikel in der Zeitung über ihn gelesen. Ich hab mich aufgeregt, dass der so viel Geld kassiert.«

»Ach, der! Wie war das noch mal? Wochenend-Workshop für dreitausend Euro?«

Sina schnappte sich eine der Cherry-Tomaten, die Jan auf die Arbeitsfläche gelegt hatte, und schob sie sich in den Mund. »Genau. Drei Riesen für ein bisschen hohles Geschwätz.«

»Wer bringt denn so einen um? Ein eifersüchtiger Ehemann vielleicht?«

Sina hob die Schultern. »Wer weiß? Bis jetzt ist uns allerdings noch keine Klientin untergekommen, die verheiratet ist. Die Damen, die an dem Seminar teilgenommen haben, sind alle single.«

»Habt ihr das denn überprüft?« Jan öffnete eine Packung Fusilli und schüttete die Nudeln ins siedende Wasser.

Sina starrte ihn mit offenem Mund an. »Da sagst du was ... Vielleicht sollte ich das morgen gleich als Erstes machen.«

Kapitel drei

Jans Idee war schnell widerlegt gewesen. Sina hatte nicht lange gebraucht, um herauszufinden, dass vier der Seminarteilnehmerinnen geschieden und die übrigen acht nie verheiratet gewesen waren.

Sven spazierte durch Sinas wie meist offen stehende Bürotür, als sie sich gerade aus der Datenbank ausloggte.

»Ich habe mit Alwin Brecht telefoniert. Er hat sich sehr großzügig gezeigt und allen Seminarteilnehmerinnen eine zusätzliche Nacht Aufenthalt im Elysian Escape spendiert.«

»Wahrscheinlich hat er Panik, dass die sonst alle schlecht über sein Haus reden oder gar in den sozialen Netzwerken negative Kommentare abgeben«, meinte Sina. »Bleiben denn auch alle da? Wir haben zwar die Kontaktinformationen, aber falls wir uns mit einer von den Damen nochmals unterhalten müssen, würde ich das lieber hier vor Ort tun.«

»Ich habe mich schon erkundigt«, sagte Sven und zog einen mitgebrachten Notizblock zu Rate. »Rosemarie Müller, die Sekretärin aus Braunschweig, will heute Mittag abreisen. Sie sagte, sie hat keinen Urlaub mehr. Auch Nadine Wohlfahrt wird wie geplant heute Abend zurück nach Coburg reisen. Sie muss morgen ebenfalls wieder zur Arbeit.«

Er wedelte mit dem Block in der Luft herum. »Die anderen bleiben alle da. Diese Jessica Holzmann meinte auch noch, sie wolle im Anschluss Freunde hier auf Sylt besuchen. Bei denen wohnt sie dann bis Ende der Woche.«

Bei der Erwähnung von Jessica Holzmanns Namen zog Sina die Augenbrauen hoch, sagte jedoch nichts. Sie war sich nicht sicher, hatte aber weiterhin das Gefühl, dass Sven ein gewisses Interesse für diese Seminarteilnehmerin zeigte.

Solange ihn das nicht davon abhält, seine Arbeit anständig zu machen, dachte sie. *Aber ich werde das Ganze ein wenig im Auge behalten. Falls wir noch einmal mit Holzmann sprechen müssen, übernehme ich das.*

»Wann ist die Obduktion?«, fragte Sven.

»Dr. Singer hat mir eine E-Mail geschrieben. Er will um elf Uhr anfangen. Wir können die Obduktion per Videostream verfolgen.«

»Gut, dann komme ich kurz vor elf wieder«, meinte Sven. Er grinste. »An diese digitalen Autopsien könnte ich mich gewöhnen. Ich wünschte, das würde immer so laufen.«

Sina nickte. »Ja, es erspart einem wenigstens die Gerüche.« Sie sah auf die Uhr. »Wir haben noch etwas über eine Stunde, die sollten wir produktiv nutzen. Ich sehe mir Marin Heselers YouTube-Kanal etwas näher an, du seine Auftritte in den sozialen Medien. Fang mit Instagram an. Ich habe schon gesehen, dass er dort die meisten Followerinnen hat.«

»In Ordnung. Vielleicht lerne ich ja noch was.« Sven drehte sich um und verließ Sinas Büro, während sie ihm mit offenem Mund hinterherstarrte.

***

»Eine weitere Nacht purer Luxus und das gratis. Ist das nicht toll?« Jess lag quer über dem Queensize-Bett ihres Hotelzimmers und telefonierte mit ihrer besten Freundin Bettina.

»Ich beneide dich glühend. Deine Insta-Stories

sind alle so toll«, sagte Bettina schwärmerisch. »Ich wünschte, ich wäre auch dort.«

»Hallo? Du bist glücklich verheiratet. Sei froh, dass du keine teuren Beziehungstipps brauchst«, sagte Jess. Sie senkte die Stimme. »Auch wenn das Seminar ja gestern ein sehr abruptes Ende fand. Ich fühle mich, als wäre ich mitten in einem Krimi.«

»Ich habe es vorhin im Internet gelesen.« Jetzt klang Bettina ein wenig atemlos. »Bist du so richtig von der Polizei verhört worden?«

»Das war eher ein lockeres Gespräch, kein Verhör.« Jess lächelte. »Und weißt du was? Der Polizist war sogar richtig schnuckelig.«

Bettina brüllte vor Lachen. »Das ist so typisch für dich. Jede andere wäre starr vor Schock, aber du flirtest mit der Polizei.«

Jess seufzte und spielte mit einer Haarsträhne. »Ich weiß nicht, ob man das flirten nennen kann. So richtig auf mich angesprungen ist er nicht. Außerdem weiß ich nicht, ob ich ihn je wiedersehe.«

»Du bist aber noch bis Ende der Woche auf Sylt. Da wirst du doch was deichseln können«, sagte Bettina.

Nachdenklich blickte Jess an die Zimmerdecke. »Hm, seine Telefonnummer habe ich natürlich. Also nur dienstlich. Falls mir noch etwas Sachdienliches einfallen sollte.«

»Und? Da fällt dir doch bestimmt was ein. Falls nicht, denk dir was aus.«

»Wie bitte? Ich kann doch nicht einfach Lügen erzählen, damit mache ich mich sicher irgendwie strafbar.« Jess biss sich auf die Unterlippe. »Aber andererseits ... Vielleicht fällt mir ja wirklich noch was auf, wenn ich die Augen aufhalte.«

Sie setzte sich auf und schwang die Beine über die Bettkante. »Weißt du was? Ich gehe gleich mal zu dieser Angela, die war so was wie Heselers Privatsekretärin. Vielleicht kann die mir was Interessantes erzählen. Gestern war nicht viel mit ihr anzufangen, weil sie natürlich vollkommen schockiert war.«

»Das kann ich mir vorstellen«, sagte Bettina. »Stell dir vor, du stolperst einfach so über die Leiche deines Chefs.«

Bei diesem Gedanken musste Jess laut lachen. »Du kennst doch Otti und seinen Leibesumfang. Wenn ich über den stolpere, breche ich mir sämtliche Knochen.«

Bettina stimmte in Jess' Lachen ein. »Pass auf dich auf. Wenn du schon Detektiv spielen willst, dann sei vorsichtig dabei. Halt mich aber auf jeden Fall auf dem Laufenden.« Sie senkte die Stimme. »Vor allem, was den sexy Bullen angeht.«

Immer noch lachend beendete Jess das Telefonat. Dann zog sie sich einen leichten Pulli und Jeans über und steckte die Haare zu einem lockeren Knoten zusammen. Zufrieden betrachtete sie sich im Spiegel und machte rasch ein Foto, das sie auf Instagram mit dem Hashtag outfitoftheday teilte. Dann machte sie sich auf den Weg zu Zimmer 807.

***

Sina stoppte das Video und schüttelte den Kopf. *Wer schaut sich so etwas an? Fünf Punkte, die du beachten musst, bevor du ja zu einer Beziehung sagst - wenn ich das schon höre.*

Sie vertiefte sich in die Kommentare, von denen sich fast vierhundert unter dem Video befanden.

Gleich die erste Frau, die ihre Meinung zu dem Video abgegeben hatte, schwärmte in höchsten Tönen davon, was für ein großartiger Lehrer Marin Heseler doch sei.

»Vieles von dem, was er sagt, lehrt uns, wer wir als Menschen sind, und was wir alle leisten müssen, um uns selbst zu verstehen, anzunehmen und für uns einzustehen«, las Sina halblaut vor. Erneut schüttelte sie den Kopf. *Hat die dasselbe Video angeschaut wie ich gerade?*

Sie scrollte weiter, las einen kurzen Kommentar, der nur aus einem Satz bestand: *Ladys, wir müssen unsere Auswahl besser treffen.*

Sina verdrehte die Augen. *Vielleicht solltet ihr alle auch eine bessere Auswahl treffen, was die Videos angeht, die ihr euch auf YouTube anschaut.*

Sina las weiter, überflog die teilweise recht ausführlichen Kommentare, in denen Bewunderinnen von Heseler ganze Anekdoten aus ihrem Leben erzählten. Schließlich hielt sie inne und lehnte sich in ihrem Drehsessel zurück.

Kein einziger negativer Kommentar. Nicht einmal ein klitzekleines bisschen Kritik. Alles überschwängliche Lobeshymnen, wie toll doch alles sei, was Heseler von sich gibt. Tolle Videos, tolle Tipps, toller Typ. Das kann doch gar nicht sein. Es gibt doch sonst immer mindestens einen, der was zu meckern hat.

Sina öffnete einen weiteren Browsertab und startete eine Internetsuche. Als Stichwörter gab sie *Marin Heseler, von Solo zu Duo* und *Erfahrungen* ein.

Oberstes Suchergebnis war eine Unterseite von Heselers eigenem Webauftritt, auf der begeisterte Kundinnen von ihren Erfolgen berichteten. Dann kam ein Link zu einem großen Online-Buchhändler. Sina klickte und sah, dass sich das Buch zum *Erfolgsprogramm von Deutschlands bestem Dating-Coach* bereits über eine Viertelmillion Mal verkauft hätte. Bewertet war es im Schnitt mit viereinhalb Sternen.

Ich verstehe diese allgemeine Begeisterung einfach nicht. Jemand, der Beziehungstipps gibt, polarisiert doch sicher. Wo sind die ganzen Kritiker?

Sina musste ihre Überlegungen einstellen, als ein lautes Ping ertönte. Der Signalton dafür, dass der Livestream aus Dr. Singers Autopsiesaal startete.

Rasch schloss Sina den Browsertab und öffnete den Streamingservice.

»Bin ich zu spät?« Sven kam in ihr Büro und zog einen der Besucherstühle neben Sina.

Sie schüttelte den Kopf und begrüßte Dr. Singer, der nun auf dem Bildschirm erschien.

»Ist die Bildqualität in Ordnung?«, erkundigte der Gerichtsmediziner sich.

»Alles bestens, Ton ebenfalls«, sagte Sina.

»Dann wollen wir beginnen.« Singer wandte sich dem stählernen Sektionstisch zu, auf dem der bereits entkleidete tote Körper Marin Heselers lag.

Wenn seine ganzen Fans ihn jetzt so sehen könnten, wäre das Geschrei sicher groß, dachte Sina. *Im Chor würden sie seinen Verlust beklagen und sich fragen, wo sie denn nun Tipps für ihr Liebesleben herbekommen sollen.*

Sina und Sven sahen zu, wie der Rechtsmediziner die äußere Leichenschau vornahm. Dabei wurden keinerlei Verletzungen gefunden, außer der Kopfwunde.

»Sie stammt von einem schweren, stumpfen Gegenstand und wurde nicht lange vor dem Ableben zugefügt«, sagte Singer. »Die Schwellung ist nur schwach ausgeprägt, die Verletzung hat nicht geblutet.«

Sina sah Sven fragend an. »Wir haben keinen Gegenstand in der Hotelsuite gefunden, der für einen Angriff verwendet worden sein könnte.«

»Den muss der Täter mitgenommen haben«, meinte Sven.

Dr. Singer stellte auch noch fest, dass sich unter den Fingernägeln der Leiche kein Blut oder gar Hautreste fanden. »Auch Abwehrverletzungen wie zum Beispiel blaue Flecken an den Händen oder Unterarmen oder abgebrochene Fingernägel sehe ich keine.«

»Vielleicht hat er den Angriff nicht kommen sehen«, vermutete Sina. »Er könnte seinem Angreifer den Rücken zugedreht haben.«

Sie machte sich Notizen, während Dr. Singer sich daran machte, die Leiche zu öffnen.

Es dauerte lange, bis der Gerichtsmediziner und seine beiden Assistenten alle inneren Organe untersucht, gewogen und die vorgesehene Tabelle ausgefüllt hatten.

Während sie arbeiteten, diktierte Dr. Singer seine Befunde. Sina und Sven an ihrem Schreibtisch in Sylt hörten aufmerksam zu.

Schließlich wandte Singer sich der Kamera zu und gab den beiden Polizisten eine Zusammenfassung.

»Meine Obduktion ergibt eindeutige Anzeichen einer Hitzeschädigung der inneren Organe. Die Lunge weist Entzündungszeichen auf, das Herz zeigt Veränderungen in seiner Struktur, insbesondere verdickte Herzwände und Wassereinlagerungen. Auch an Leber, Milz, Nieren und Magen-Darm-Schleimhäuten stellte ich Veränderungen fest, die darauf hinweisen, dass der Körper längere Zeit hohen Temperaturen ausgesetzt war. Die Todesursache war Herz-Kreislaufversagen aufgrund von Hitzeeinwirkung.«

»Das klingt alles ganz schrecklich«, sagte Sven leise.

»Allerdings«, stimmte Sina ihm zu. »Ich hoffe, er war durch den Schlag die ganze Zeit bewusstlos und ist nicht noch einmal aufgewacht.«

»Wenn er bei Bewusstsein gewesen wäre, hätte er sicher versucht, sich zu befreien«, gab Sven zu bedenken. »An seinen Handgelenken gab es jedoch keinerlei Verletzungen.«

»Stimmt.« Sina fühlte sich fast ein wenig erleichtert. Marin Heseler war zwar einen schrecklichen Tod gestorben, aber höchstwahrscheinlich hatte er davon nichts mitbekommen.

***

Jess schaltete die kleine Nespressomaschine ein, die auf der Kommode stand. Angela Koch wirkte wesentlich gefasster als noch am Vortag, war jedoch immer noch unnatürlich blass. Die dunklen Schatten unter ihren Augen zeugten von einer unruhigen Nacht mit wenig bis gar keinem Schlaf.

»So, jetzt trinken wir erst einmal eine schöne Tasse Kaffee«, trällerte Jess, in dem Bemühen, Angela ein wenig aufzumuntern.

Tatsächlich sah Marin Heselers persönliche Assistentin Jess dankbar an, als sie die Kaffeetasse entgegennahm.

»Wie geht es dir heute?«, fragte Jess.

»Etwas besser«, murmelte Angela, während sie in ihrer Tasse rührte. »Es ist aber immer noch alles so unwirklich.«

»Ja, das geht mir ähnlich. Ständig denke ich, das kann doch gar nicht wirklich passiert sein.«

Angela nickte ein wenig abwesend. Ihr Blick ging ins Leere, der Kaffee schien vergessen.

»Siehst du die Szene, die sich dir gestern früh geboten hat, immer wieder vor deinem inneren Auge?«, fragte Jess leise. »So würde es mir wohl gehen. Ich habe das Problem, dass ich immer alles Negative, was in meinem Leben passiert, wieder und wieder durchgehe.«

»Ja«, hauchte Angela. »Es ist, als hätte sich das Bild, wie er da auf dem Boden lag, in meine Netzhaut eingebrannt.«

»Ich frage mich, was sich in seiner Suite zugetragen hat. Am Samstagabend oder in der Nacht auf Sonntag.« Jess rührte gedankenverloren in ihrem Kaffee.

»Ich kann an gar nichts anderes mehr denken«, sagte Angela leise.

Als Jess die jüngere Frau von der Seite ansah, bemerkte sie Tränen, die in Angelas Augen glitzerten. Fürsorglich legte sie ihr einen Arm um die Schulter. »Verständlich. Du hast eng mit ihm zusammengearbeitet. Ihr müsst euch sehr nahegestanden haben.«

»Ja«, murmelte Angela. »Vier Jahre und zwei Monate.«

»Das ist eine ziemlich lange Zeit«, meinte Jess. Sie überlegte kurz, ob sie die Frage, die ihr auf den Nägeln brannte, stellen sollte oder ob das zu unsensibel wäre.

Was soll's. Im schlimmsten Fall sagt sie mir, ich soll ihr Zimmer verlassen.

»Kannst du dir vorstellen, wer das getan hat?« Mit angehaltenem Atem wartete Jess auf Angelas Reaktion.

Doch die zuckte nur mit den schmalen Schultern. »Das hat mich doch die Polizei auch schon gefragt. Ich habe keine Ahnung.«

Sie senkte den Kopf. »Du hast gesagt, wir müssten uns sehr nahegestanden haben, Marin und ich. Aber weißt du was? Sogar nach all der Zeit kam er mir manchmal vor wie ein Fremder. Dann war es, als ob ich ihn überhaupt nicht kannte.«

Angela hob eine Hand, bedeckte ihre Augen. »Ich muss mich hinlegen. Du entschuldigst mich?«

»Aber natürlich, du brauchst jetzt viel Ruhe.« Jess stand auf. »Aber ruf mich bitte jederzeit an, wenn du Gesellschaft brauchst oder reden willst. Ich bin immer für dich da.«

***

Sina schob die Notizen beiseite, die sie sich während der Obduktion gemacht hatte. Dr. Singer hatte leider den Zeitraum, in dem der Tod eingetreten war, nur sehr grob umreißen können. Zwischen neun Uhr abends und zwei Uhr nachts, hatte er gesagt.

Dass das Bett unberührt war, spricht dafür, dass es nicht allzu spät am Abend war, Aber wir müssen auf jeden Fall noch herausfinden, wer ihn zuletzt gesehen hat. Der Seminartag endete um achtzehn Uhr dreißig. Angela Koch kann uns sicher sagen, wann und wo Heseler zum Abendessen gegangen ist. Sie hat wahrscheinlich einen Tisch in einem Restau-

rant für ihn reserviert.

Sina wandte sich wieder ihren Recherchen über Marin Heseler zu. Sie wollte sich ein möglichst genaues Bild des Coachs und seines persönlichen Umfelds schaffen, in der Hoffnung, so auf ein Mordmotiv und vielleicht sogar einen Tatverdächtigen zu stoßen.

Hoffentlich schicken die Flensburger Kollegen bald die Computer- und Handydaten. Die könnten aufschlussreicher sein als diese Fülle an Online-Infos, die nicht wirklich informativ sind.

Sina machte sich daran, Marin Heselers Instagram-Konto unter die Lupe zu nehmen. Dabei konzentrierte sie sich weniger darauf, was der Coach gepostet hatte, sondern vielmehr auf die Kommentare zu diesen Beiträgen.

Wie zu erwarten, war der aktuellste Beitrag, der vom Samstag stammte, in den letzten Stunden seit Bekanntwerden von Heselers Tod, hundertfach kommentiert worden.

Sina las Beileidsbekundungen für die Familie, ehrlich entsetzt klingende Kommentare, überbordende Gefühlsausbrüche und hin und wieder auch vereinzelte negative Kommentare.

Die stammen ausnahmslos von Männern, dachte Sina. *Neid auf den smarten, erfolgreichen Geschäftsmann Heseler oder haben diese Personen etwas gegen Heseler, weil er Frauen Beziehungstipps gab? Fühlen die sich in ihrer Männlichkeit angegriffen? Vielleicht sind das aber auch Männer, deren Freundinnen ein wenig zu begeistert von Heseler waren.*

Sie trommelte mit den Fingern auf die Tischplatte und dachte nach. *Zu schade, dass wir da nicht an die Userdaten herankommen. Aber wegen Kommenta-*

ren, die sich über ein Mordopfer lustig machen und es verhöhnen, bekommen wir keine gerichtlichen Beschlüsse. Solche Kommentare sind zwar extrem geschmacklos, aber natürlich nicht illegal.

Sina dachte einen Moment nach. Da gab es etwas, das ihr nicht recht ins Konzept passte, aber sie konnte es nicht greifen.

Doch, halt. Negative Kommentare auf Instagram, aber auf YouTube war alles nur positiv!

Sie öffnete auch den YouTube-Kanal Heselers und sah sich dort ebenfalls die Kommentare zu dem neuesten Video an.

Jetzt bot sich ihr ein ganz anderes Bild als bei ihrem letzten Besuch auf YouTube.

Genau die gleiche Art von Kommentaren wie auf Instagram. Positiv und negativ gemischt.

Sie fertigte Screenshots an und überlegte gerade, wie sie weiter vorgehen sollte, als Sven an den Türrahmen klopfte. »Sina, Riva Heseler ist hier und möchte mit dir sprechen.«

Rasch schaltete Sina ihren Monitor aus. Die Schwester des Toten sollte nicht sehen, woran sie gerade gearbeitet hatte. »Danke, bring sie bitte in mein Büro und setz dich zu uns.«

Wenig später rauschte Riva Heseler durch die Tür und begrüßte Sina mit einem kräftigen Händedruck.

Marin Heselers zwei Jahre ältere Schwester war eine beeindruckende Erscheinung. Zuerst bemerkte Sina das eindeutig teure Parfüm, das Riva ein wenig zu großzügig aufgetragen hatte. Dann die professionell manikürten Nägel und die ebenso professionell gezupften und gefärbten Augenbrauen. Das Make-up saß perfekt, die Frisur mit den hellen Highlights im mittelbraunen Haar ebenfalls.

Und natürlich trägt sie Designerklamotten. Das ist doch das Gucci-Logo auf der Gürtelschnalle und die Handtasche ist von Fendi.

Wie um Sinas Überlegungen zu bestätigen, ließ Riva Heseler den eleganten dunkelblauen Mantel von den Schultern gleiten und drapierte ihn so über dem Besucherstuhl, dass Sina einen Blick auf das Armani-Etikett erhaschen konnte.

Riva setzte sich, schlug die Beine übereinander und warf die Haare über die Schulter zurück.

Sie gibt sich wie ein Modell in einem Werbespot, dachte Sina unwillkürlich. Sie hatte überhaupt nicht das Gefühl, eine Frau vor sich zu haben, die um ihren Bruder trauerte. Riva wirkte wie eine Geschäftsfrau, die zu einem Meeting erschienen war.

»Ich möchte Ihnen nochmals mein Beileid aussprechen«, begann Sina.

»Wann wird die Leiche freigegeben?«, fragte Riva. »Meine Eltern und ich möchten die Beerdigung organisieren. In Berlin natürlich.«

Sina war ein wenig überrascht, dass Riva das Gespräch mit dieser Forderung eröffnete. Auch die forsche Art der Frau erstaunte sie ein wenig.

Von Trauer bemerke ich hier wirklich gar nichts.

»Die Obduktion fand heute statt«, sagte Sina. »Es werden noch einige toxikologische Tests durchgeführt. Sobald diese abgeschlossen sind, wird der Körper Ihres Bruders freigegeben.«

»Wie lange dauert das?« Rivas dunkle Augen sahen Sina unnachgiebig an.

»Das kommt drauf an«, sagte Sina. »Wenn der Rechtsmediziner Auffälligkeiten feststellt und weitere Tests veranlasst, kann das eine Weile dauern. Aber unter normalen Umständen würde ich sagen, zwei, vielleicht drei Tage.«

Riva Heselers Augen weiteten sich. »So lange? Ich hatte gehofft, dies alles zügig abwickeln zu können.« Sie verschränkte die Hände. »Den Totenschein erhalte ich aber hoffentlich früher? Ich bin Marins Alleinerbin und möchte die Testamentseröffnung in die Wege leiten können.«

Aha, daher weht der Wind. Sie möchte möglichst schnell an das Geld ihres Bruders herankommen.

Sina machte sich eine Notiz auf einem Post-it. »Ich werde den Gerichtsmediziner diesbezüglich kontaktieren.«

»Vielen Dank«, sagte Riva. »Haben Sie noch Fragen an mich? Ich bin im Elysian Escape abgestiegen. Sie können mich dort erreichen.«

»Einige Fragen hätte ich tatsächlich noch«, sagte Sina rasch. Sie fühlte sich durch die herrische, etwas abrupte Art von Riva Heseler überrumpelt, war jedoch fest entschlossen, sich von ihr nicht unterbuttern zu lassen.

Sina zog ihr Notizbuch zu sich heran. »Zunächst interessiert mich natürlich, ob Sie einen Verdacht haben, wer Ihren Bruder getötet haben könnte.«

Riva verzog das Gesicht. »Wer so erfolgreich ist wie Marin, macht sich natürlich auch Feinde. Obwohl ... Feinde ist vielleicht zu viel gesagt. Lassen Sie mich das ein wenig abmildern. Neider. Es gibt eine Menge Menschen, die neidisch auf ihn sind. Oder von mir aus auch waren.«

»Denken Sie an jemanden Bestimmten? Gab es jemanden, dessen Neid so stark war, dass er Marin getötet haben könnte?«

Riva spitzte die Lippen, schien nachzudenken. »Nein, ein konkreter Name fällt mir dazu nicht ein.

Aber Sie sollten sich vielleicht einmal bei Dorothe Kneise nach deren Alibi erkundigen.«

Der Name kam Sina bekannt vor. Sie blätterte in ihrem Notizbuch und fand den Namen auf Anhieb. »Marins ehemalige Lebensgefährtin?«

Riva gab ein abfälliges Geräusch von sich. »Ich war so froh, als Marin sich von ihr trennte. Diese Frau war doch nur hinter seinem Geld her. Außerdem sonnte sie sich gerne in der Aufmerksamkeit, die sie als Frau an der Seite eines so erfolgreichen Geschäftsmannes erhielt.«

Sina machte sich eine Notiz. Allerdings konnte sie Rivas Denkweise nicht nachvollziehen. *Wieso sollte Dorothe Kneise Marin Heseler Monate nach der Trennung töten? Was hätte sie davon? Rache, weil er sie verlassen hat? Eifersucht auf ihre Nachfolgerin, falls es eine solche denn bereits gab?*

»War Ihr Bruder seit der Trennung in einer neuen Beziehung?«

Marins Schwester schüttelte den Kopf. »Nein. Auch wenn es ihm an Möglichkeiten sicherlich nicht mangelte.«

»Sie meinen seine Klientinnen, die ihn umschwärmten?«

Wieder das abfällige Geräusch. »Vor allem die, ja. Es gab bei jedem Kurs mindestens eine Teilnehmerin, meistens jedoch mehrere, die sich nicht einfach nur mit Marins Tipps begnügten, sondern es direkt bei ihm versuchten.«

Interessiert beugte Sina sich vor. »Wie ist Marin mit solchen Situationen umgegangen? Das muss doch ziemlich schwierig sein. Er hatte täglich mit attraktiven Single-Frauen zu tun, wie hat er es da geschafft, professionelle Distanz zu wahren?«

»Solange er mit Dorothe zusammen war, hat er einfach darauf hingewiesen, dass er bereits vergeben sei. Was er in den letzten Wochen tat, weiß ich nicht. Aber soweit ich weiß, war dieses Seminar hier auf Sylt auch der erste öffentliche Auftritt meines Bruders seit der Trennung.«

Nachdenklich sah Sina auf ihre Notizen. *Ich muss irgendwie herausfinden, ob es unter den zwölf Teilnehmerinnen eine Frau gab, die sich an Marin heranmachen wollte. Falls er sie abblitzen ließ, wäre das durchaus ein Motiv für einen Mord im Affekt.*

»Wann haben Sie das letzte Mal mit Ihrem Bruder gesprochen, egal ob persönlich oder am Telefon?«

»Wir haben am Freitag gefacetimet. Er war gerade hier auf Sylt eingetroffen und gab mir eine virtuelle Führung durch seine Suite.« Erstmalig zeigte Riva so etwas wie eine Gefühlsregung, als sie die Schultern hochzog, als ob ihr ein Schauer den Rücken hinablief. »Die Sauna hat er mir auch gezeigt. Die gefiel ihm besonders gut. Er sagte, er habe schon in den tollsten Hotels gewohnt, aber eine eigene Sauna habe er noch nie gehabt.«

Sina biss sich auf die Lippe. *Wenn er gewusst hätte, dass ihm diese Sauna zum Verhängnis werden würde ...*

Sie riss sich zusammen und klappte ihr Notizbuch zu. »Das wäre im Moment alles. Bleiben Sie auf Sylt, bis Sie Ihren Bruder mit zurück nach Berlin nehmen können?«

Riva Heseler nickte. »Wenn es nicht gerade mehrere Wochen dauert, ja.« Sie sah auf ihre Armbanduhr. »Ich spiele mit dem Gedanken, eine Trauerfeier hier auf der Insel zu organisieren. Damit wir meines Bruders in würdiger Weise gedenken können. Die

Beerdigung wird dann nur im engsten Familienkreise stattfinden.«

Innerlich stöhnte Sina auf. *Eine Trauerfeier hier auf Sylt? Das fehlt uns gerade noch!*

Doch natürlich wollte sie Riva Heseler nicht vor den Kopf stoßen, also setzte sie ein freundliches Lächeln auf. »Bitte halten Sie mich über Ihre Pläne auf dem Laufenden.«

***

Nachdem Riva Heseler das Revier wieder verlassen hatte, war Sina und Sven kaum genug Zeit geblieben zu besprechen, welchen Eindruck die Schwester des Mordopfers bei ihnen hinterlassen hatte, da kam schon eine Nachricht aus Flensburg.

Die Techniker hatten schnelle Arbeit geleistet und sämtliche Daten von Marin Heselers Laptop-Festplatte und seinem Smartphone ausgelesen. Über einen Link konnten Sina und Sven nun auf diese Daten zugreifen.

»Ich nehme das Handy«, verkündete Sven und ging zurück in sein eigenes Büro.

Dann wollen wir mal sehen, dachte Sina und sah sich die gespiegelte Festplatte an.

Sie versuchte, sich einen Überblick zu verschaffen, durchschaute jedoch das System, nach dem Heseler seine Dateien geordnet hatte, nicht.

Sie sah, dass es zahllose Fotos gab sowie Hunderte PDFs und Word-Dokumente.

Ein wenig verzagt blickte Sina auf die endlos lange Liste der Files. *Wo fange ich nur an?*

Nach kurzem Nachdenken sortierte sie die Liste um, sodass die Dateien jetzt nicht mehr nach Namen geordnet waren, sondern nach Erstelldatum.

Das neueste File war ein Word-Dokument mit dem Titel *Brainstorm*, das am vergangenen Samstagabend erstellt worden war. Gespannt öffnete Sina es mit einem Doppelklick.

Sie begann zu lesen, wobei ihr Interesse mit jedem Satz größer wurde.

Als sie ans Ende des Dokuments gelangt war, lehnte sie sich einen Moment zurück.

Das muss ich sofort Sven zeigen. Mal sehen, was er dazu sagt.

Sie gab den Druckbefehl, zog das Blatt aus dem Ausgabeschacht und ging in Svens Büro.

Ihr Kollege zog die Augenbrauen hoch, als er Sina in der Tür stehen sah. »Sag nicht, du hast schon was gefunden?«

Sie lächelte. »Doch. Aber ich brauche deine Meinung dazu.« Sie reichte Sven den Ausdruck. »Das hier war unter dem Titel *Brainstorm* gespeichert. Erstelldatum vergangener Samstag. Es geht darum, dass eine unzufriedene Kundin Geld von Heseler forderte.«

Sven sah Sina überrascht an. »Wollte sie ihn auf Schadenersatz verklagen? Wegen entgangener Liebeschancen aufgrund schlechter Ratschläge?«

»Nein, sie wollte das Honorar erstattet haben, das sie für ein Einzelcoaching gezahlt hatte.«

Sven überflog das Blatt in seiner Hand und stieß einen leisen Pfiff aus. »Siebentausendfünfhundert Euro? Da wär ich auch sauer, wenn so ein Coaching dann nicht den gewünschten Erfolg bringt.« Er sah Sina an. »Und zwar zügig.«

Sina lehnte sich mit der Hüfte gegen Svens Schreibtisch und griff nach einem Briefbeschwerer aus Glas, der auf einem Stapel Akten saß. Nachdenklich ließ sie den Briefbeschwerer von einer Hand in die andere wandern. »Wärst du auch so sauer, dass du den Coach tötest, wenn er sich weigert, dir dein Geld zurückzugeben?«

Sven sah sie nachdenklich an. Dann nickte er langsam. »Ich vielleicht nicht, aber diese Dame hier«, er tippte auf den Ausdruck, »vielleicht schon.«

»Katja Bertram«, sagte Sina. »Freundlicherweise hat Heseler ihren Namen notiert. Ebenso wie die Tatsache, dass sie ihn am vergangenen Samstag persönlich aufgesucht hat. Hier auf Sylt.«

Sie legte den Briefbeschwerer weg und deutete auf das Blatt in Svens Hand. »Du weißt, was du zu tun hast?«

Er nickte eifrig. »Herausfinden, in welcher Unterkunft Frau Katja Bertram abgestiegen ist.«

Sina stieß sich von der Schreibtischkante ab. »Ich kontaktiere Angela Koch und frage sie, ob sie von dieser Rückforderung wusste. Außerdem soll sie mir die Kontaktinformationen für Katja Bertram heraussuchen. Die hat sie sicher in ihren Unterlagen.«

***

Sina machte sich erst Notizen für das anstehende Gespräch mit Angela Koch. Dann überlegte sie, ob sie Heselers Assistentin anrufen oder im Hotel aufsuchen sollte.

Habe ich nicht erst gestern selbst gedacht, dass es mir immer lieber ist, meine Gesprächspartner vor mir zu sehen? Das beantwortet dann wohl diese Frage.

Sie schaltete den Computer aus, dann schlang sie

die Handtasche über die Schulter und sagte Sven Bescheid, dass sie noch einmal ins Elysian Escape fahren würde.

Als sie im Hotel an die Tür zu Zimmer 807 klopfte, wurde ihr jedoch nicht geöffnet. Frustriert wandte Sina sich von der Zimmertür ab.

Ich hätte vorher anrufen und mein Kommen ankündigen sollen.

Sie zog ihr Smartphone hervor, suchte Angela Kochs Handynummer heraus und rief an.

Schon nach dem zweiten Klingeln meldete sich die junge Frau. Sie klang ein wenig atemlos.

»Frau Koch, Sina Marten hier. Ich hätte Sie gerne noch einmal gesprochen. Es gab neue Erkenntnisse, zu denen ich mehr Informationen von Ihnen benötige.«

»Ich bin gerade in einem Meeting mit Riva Heseler«, sagte Angela. »Aber wir sind fast fertig.«

Sina überlegte kurz. »Könnten Sie ins Hotelrestaurant im Erdgeschoss kommen?«

»Ja, in einer Viertelstunde bin ich dort.«

Der Innenarchitekt des Hotels hatte es geschafft, im Restaurant auch ohne Fischernetze, Buddelschiffe oder Muschelmotive eine frische, maritime Atmosphäre zu schaffen.

Filigrane Glaslampen hingen über den Tischen, an denen blau gepolsterte Stühle standen. Das Dekor war durchgängig in zarten Grün- und Blautönen gehalten.

Sina bestellte einen Kaffee und ein Stück Friesentorte. Der Service war effizient und schnell, sodass sie den Kuchen schon fast aufgegessen hatte, als Angela Koch sich zu ihr gesellte.

»Sie haben noch Fragen an mich?«

Sina musterte Angela, die heute deutlich gefasster wirkte, wenn auch ihre Augen immer noch gerötet waren.

Weiß wie eine Wand ist sie auch immer noch. Aber das ist dann wohl ihr natürlicher Teint.

»Helfen Sie Frau Heseler bei der Planung der Trauerfeier?«

Angela nickte. »Nicht nur das, Riva hat mir angeboten, dass ich von nun an als ihre persönliche Assistentin fungiere.«

Sie spielte am Armband ihrer schmalen Uhr. »Das nimmt mir eine große Sorge. Ich hatte schon überlegt, wie ich möglichst schnell eine neue Anstellung finde.«

Sina schob den Kuchenteller beiseite und schlug ihr Notizbuch auf. »Bedeutet das, dass Sie auf Sylt bleiben werden?«

»Ja, auf jeden Fall bis nach der Trauerfeier. Wir haben noch keinen Termin festgelegt, wir sind noch auf der Suche nach einem geeigneten Veranstaltungsort.«

»Ich sehe, Sie haben viel zu tun. Dann will ich Sie auch gar nicht lange aufhalten. Wir haben damit angefangen, die Daten von Herrn Heselers Laptop und Handy auszuwerten. Dabei stießen wir auf Notizen, die er sich über die Beschwerde einer unzufriedenen Klientin gemacht hat.«

Angelas Augen weiteten sich. »Eine Beschwerde?«

»Er hat Sie nicht darüber informiert?«

Angela legte einen Finger an das Kinn. »Nein. Was war das denn für eine Klientin?«

»Ihr Name ist Katja Bertram. Sie hatte ein Einzelcoaching mit Herrn Heseler gebucht.«

Angela neigte den Kopf ein wenig. »Der Name sagt

mir auf Anhieb nichts. Aber warten Sie einen Moment.« Sie zog ein Tablet aus ihrer Handtasche und schaltete es ein.

Sina sah zu, wie Angela eine Weile über das Display wischte und schließlich wieder von ihrem Gerät aufblickte. »Marin hat nicht viele Einzelcoachings gemacht. Das war sein exklusivstes Produkt. Katja Bertram hatte vor zwei Monaten ein solches Coaching gebucht.«

Sina machte sich eine Notiz. »Auf der Website von Herrn Heseler habe ich gesehen, dass diese Einzelcoachings persönlich oder per Zoom angeboten werden. Für welche Option hatte sich Frau Bertram entschieden?«

Wieder zog Angela ihr Tablet zu Rate. »Sie hat Marin persönlich in seinem Büro in Berlin getroffen.« Sie nannte Sina ein Datum und eine Uhrzeit. »Das Coaching hat dann fünf Stunden gedauert. Dazwischen eine halbstündige Pause. Sie waren also gegen achtzehn Uhr dreißig fertig.«

Sina notierte sich auch diese Daten. »Herr Heseler hat Ihnen nichts von einer Beschwerde dieser Frau Bertram erzählt?«

Angela schüttelte den Kopf. »Nein. Stand in seinen Notizen, wann das gewesen sein soll?«

»Erst kürzlich«, sagte Sina. Sie wollte Angela nicht verraten, dass Katja Bertram Marin Heseler wohl persönlich aufgesucht hatte.

»Dann kam er vielleicht nicht mehr dazu, dies mit mir zu besprechen.« Angelas Stimme klang gepresst, als stiegen erneut Tränen in ihr hoch.

»Wahrscheinlich«, meinte Sina. »Könnten Sie mir bitte noch die Anschrift und Telefonnummer von Frau Bertram geben?«

Angela diktierte Sina eine Adresse in Düsseldorf sowie eine Handynummer und eine E-Mail-Adresse.

»Kommt es eigentlich öfter vor, dass sich Klientinnen beschweren?«, fragte Sina, als sie alles aufgeschrieben hatte.

Heftig schüttelte Angela den Kopf. »Nein, überhaupt nicht.«

»Wirklich? Das wundert mich ehrlich gesagt bei dem Gebiet, auf dem Herr Heseler tätig war. Es gibt doch für Beziehungen keine Formel, die für alle passt. Also muss es doch eigentlich zumindest ab und zu Frauen geben, denen die Tipps von Herrn Heseler nicht geholfen haben.«

»Marins Programme sind sehr flexibel. Es ist ja nicht so, dass er rigide Tipps gegeben hat, die seine Klientinnen dann exakt befolgen sollten. Er hat vielmehr Strategien entwickelt, die jede für sich selbst anpassen konnte.«

Sina hätte fast laut aufgeseufzt. *Noch mehr Marketing-Blabla, sie redet so, als würde sie von der Website zitieren.*

»Ich hätte in dem Zusammenhang eine weitere Frage. Als ich mich ein wenig auf dem YouTube-Kanal von Herrn Heseler umsah, fiel mir auf, dass sämtliche Kommentare zu seinen Videos positiv sind. Ich konnte keinerlei Kritik finden, dabei gibt es doch immer irgendwelche sogenannten Hater, die negative Dinge posten.«

Ein leichtes Lächeln huschte über Angelas blasses Gesicht. »Es gehörte zu meinen Aufgaben, die Kommentare zu moderieren. Alles, was nicht positiv war, habe ich gelöscht. Wir wollen unseren Klientinnen und Followerinnen ein rundum angenehmes Erlebnis bieten, wenn sie unsere Online-Inhalte konsumieren.

Da hat Hate Speech keinen Platz.«

Ach, so ist das also. Darum auch die nicht ausschließlich freundlichen Kommentare der letzten Tage. Angela war wohl zu sehr mit sich selbst und ihrer Trauer beschäftigt, als sich um das Löschen von Kommentaren zu kümmern.

Bevor Sina noch etwas sagen konnte, runzelte Angela die Stirn. »Darum habe ich mich seit Samstag überhaupt nicht mehr gekümmert. Du liebe Güte, ich will gar nicht wissen, wie viele Kommentare ich da jetzt sichten muss.«

Hektisch wischte sie über ihr Tablet. »Am besten, ich schalte die Kommentarfunktion ganz aus. Ich muss sowieso erst mit Riva besprechen, wie es weitergeht.«

»Weitergeht? Will Riva denn Marins Arbeit fortführen?«

Angela sah kurz von ihrem Display auf und lächelte Sina zu. »Aber ja, sagte ich das noch gar nicht?«

***

Sina steuerte nach dem Gespräch mit Angela bereits den Ausgang des Hotels an, als ihr eine Idee kam. Sie sah zur Rezeption hinüber.

Wenn Katja Bertram Heseler am Samstag persönlich konfrontiert hat, vielleicht ist sie dann ebenfalls hier im Elysian Escape abgestiegen?

Aufs Geratewohl ging Sina zum Empfangstresen. Sie wies sich aus und bat den Mitarbeiter, der gerade Dienst hatte, nachzusehen, ob in den letzten Tagen eine Katja Bertram aus Düsseldorf im Hotel gewohnt hatte.

»Frau Bertram reiste am vergangenen Samstag an. Sie hat Zimmer 809.«

Das ist direkt neben Angela Kochs Zimmer.

Sina bedankte sich und setzte sich in einen der Sessel in der Lobby, um nachzudenken.

Soll ich Sven anrufen, dass er herkommen soll? Ich hätte ihn liebend gerne als Beobachter dabei.

Sie tastete bereits nach dem Smartphone in ihrer Handtasche, als sie es sich anders überlegte.

Aber jetzt bin ich schon mal da und ich habe keine Lust, auf Sven zu warten.

Kurzentschlossen stand Sina wieder auf und ging auf die Aufzüge zu. Als sie im Lift stand, schickte sie Sven nur eine kurze Textnachricht, dass er nicht weiter nach Katja Bertram suchen müsse.

***

»Ich dachte, warum nicht das Angenehme mit dem Notwendigen verbinden und einige Tage Urlaub auf Sylt verbringen«, sagte Katja Bertram.

Sina schätzte die Dame, die mit Marin Heselers ausgefeilten Strategien so gar nicht zufrieden gewesen war, auf Anfang vierzig. Katja war brünett und trug ihre Haare zu einem kinnlangen Bob geschnitten. Die akkurate Frisur passte zu ihrem Outfit: elegant, klare Linien, kohlschwarz, auf den ersten Blick als teuer erkennbar.

Wenn die sich schon im Urlaub so schick anzieht, wie sieht sie dann erst aus, wenn sie zu einem geschäftlichen Termin geht? Oder hat sie einfach nichts anderes anzuziehen?

Sina hatte bereits in Erfahrung gebracht, dass Katja Bertram in Düsseldorf eine Werbeagentur leitete. Beruflich sei sie äußerst erfolgreich, da komme das Privatleben meist zu kurz, hatte sie Sina anvertraut.

»Mit *das Notwendige* meinen Sie Ihr Gespräch mit Marin Heseler am vergangenen Samstag?«, fragte Sina.

Sie saß der Geschäftsfrau in deren Zimmer gegenüber, das deutlich größer und komfortabler ausgestattet war als das von Angela Koch. Unter anderem verfügte es über einen Schreibtisch mit ergonomischem Bürostuhl, eine größere Sitzecke mit Sofa und Sesseln und einem Beistelltisch, auf dem Hochglanzmagazine auslagen.

Mit einer Hand, die eine perfekte French Manicure aufwies, strich Katja sich die Haare hinter das Ohr zurück. »Sie wissen davon? Das erstaunt mich.«

»Wir haben Notizen zu diesem Gespräch auf Herrn Heselers Laptop gefunden.«

Katja lachte humorlos auf. »Wissen Sie, es ist nicht so, dass ich das Geld brauche. Aber es geht mir ums Prinzip. Ich fühlte mich auf den Arm genommen. Die siebeneinhalbtausend, die Heseler von mir als Honorar kassierte, sind komplett überzogen für das, was er dafür geboten hat.«

»Wenn ich recht informiert bin, erhielten Sie ein fünfstündiges Einzelcoaching«, meinte Sina.

Ihr Gegenüber nickte. »Genau. Fünf Stunden und das war's dann auch schon. Das macht mal eben siebenhundert Euro die Stunde.«

Erneut lachte sie auf. »So viel verdiene nicht mal ich und ich kann Ihnen sagen, in der Werbebranche kann man sehr viel Geld machen, wenn man gut ist. Und ich bin gut.«

»Was hatten Sie sich denn von dem Coaching erwartet?«, wollte Sina wissen.

»Wissen Sie, mein Verständnis von Coaching ist, dass es sich um eine fortlaufende Dienstleistung handelt. Sprich, um eine Betreuung über einen längeren Zeitraum hinweg.« Katja Bertram schlug die elegant behosten Beine übereinander und fuhr sich erneut durch die Haare. »Das heißt, ich erwartete nach den fünf Stunden in Berlin kontinuierliche weiterführende Tipps und Verbesserungsvorschläge. Ich ging davon aus, dass ich Herrn Heseler in regelmäßigen zeitlichen Abständen von meinen jeweiligen Bemühungen berichte und wir diese gemeinsam analysieren, um Verbesserungspotenzial aufzudecken.«

Sina gab es auf, sich Notizen zu diesem speziellen Punkt zu machen. *Die Frau redet mich noch schwindlig. Ist die immer so?*

»Wie reagierte Marin Heseler auf Ihre Beschwerde?«

Katja machte eine wegwerfende Geste. »Wollte mich einlullen mit seinem Geschwafel. Hat aber vollkommen abgeblockt, als ich meinte, er solle mir einfach das Honorar erstatten und wir könnten die ganze Sache vergessen.«

Sie beugte sich vor. »Sobald ich zurück in Düsseldorf bin, werde ich meinen Anwalt konsultieren. Auch wenn ich mich mit meinen Forderungen jetzt wohl an die Erben halten muss.«

Na, dann viel Glück. Riva Heseler wird ihr garantiert keinen roten Heller zurückzahlen.

»Wann fand denn das Gespräch am Samstag statt?«, fragte Sina. »Herr Heseler hatte doch das Seminar.«

»Gegen zwölf Uhr dreißig mittags«, antwortete Katja Bertram prompt. »Ich reiste Samstagvormittag an, da lief das Seminar bereits. Bis zum Abend wollte ich nicht warten, also passte ich ihn in der Mittagspause ab.«

»Haben Sie Herrn Heseler danach noch einmal gesehen?«

Die Geschäftsfrau schüttelte so heftig den Kopf, dass die Haarspitzen ihres Bobs hin- und herwippten. »Nein. Den Abend habe ich in Kampen verbracht, habe mich mit einem schicken Essen verwöhnt. Dann bin ich zurück ins Hotel gefahren und habe mich den Rest des Abends auf meinem Zimmer entspannt.«

Sina schlug ihr Notizbuch zu. »Vielen Dank für Ihre offenen Worte, Frau Bertram. Wie lange bleiben Sie denn noch auf Sylt?«

»Bis Ende der Woche, dann ruft wieder die Pflicht.« Sie lachte, dieses Mal klang es echt. »Allzu lange kann ich meine Mitarbeiter in der Agentur nicht alleine lassen. Ohne mich würde es dort nach kürzester Zeit drunter und drüber gehen.«

***

Sina brachte Sven auf den neuesten Stand, sobald sie ins Büro zurückgekehrt war. Als sie erwähnte, dass Angela Koch negative Kommentare regelmäßig löschte, zeigte Sven sich äußerst interessiert.

»Hast du sie denn auch gefragt, ob sie die gelöschten Kommentare in irgendeiner Weise archiviert?«

Sina sah Sven erstaunt an. »Auf die Idee bin ich gar nicht gekommen.« Sie schlug eine neue Seite in ihrem Notizbuch auf. »Das erledige ich gleich morgen.«

Sie blätterte einige Seiten zurück und fasste ihr

Gespräch mit Katja Bertram für Sven zusammen. »Sie machte einen sehr offenen Eindruck. Nach ihrem Alibi für die Tatzeit habe ich sie nicht direkt gefragt, aber sie hat mir von sich aus erzählt, dass sie in einem Restaurant in Kampen zu Abend gegessen habe und den Rest des Abends in ihrem Zimmer verbrachte.«

Sven trommelte mit einem Bleistift auf die Schreibtischplatte. »Also kein niet- und nagelfestes Alibi, falls sie nicht gerade bis nachts um zwei in dem Restaurant war.« Er verzog den Mund. »Aber ich glaube, selbst in Kampen an einem Samstag machen die Restaurants ein wenig früher zu.«

»Falls es nötig werden sollte, fragen wir sie noch nach dem Namen des Restaurants und der genauen Uhrzeit. Sie hat sicher einen Kreditkartenbeleg. So jemand wie Katja Bertram zahlt meiner Meinung nach nicht bar.«

Sven verdrehte die Augen. »Nein, die hat gar kein Bargeld, sondern nur Plastik.«

Sina lächelte. »Hast du noch etwas Neues in Erfahrung gebracht, während ich weg war?«

»Sobald ich wusste, dass Bertram im Elysian Escape wohnt und ich nicht länger auf der Suche nach ihr Unterkünfte durchtelefonieren musste, habe ich damit angefangen, die Teilnehmerinnen nach ihren Alibis zu fragen. Begonnen habe ich mit den beiden Damen, die bereits abgereist sind.« Sven zog einen Notizblock zu sich heran. »Nadine Wohlfahrt und Rosemarie Müller haben übereinstimmend ausgesagt, dass sie gemeinsam mit einigen anderen Seminarteilnehmerinnen essen waren. Sie besuchten ein italienisches Restaurant in List, Da Giovanni, wo sie bis nach zweiundzwanzig Uhr blieben. Anschließend teilten sie sich zwei Taxis und fuhren ins Elysian Escape zurück. Dort gingen sie in die Hotelbar und tranken noch einige Cocktails. Wohlfahrt sagte, sie sei gegen eins zurück auf ihr Zimmer gegangen, Müller meinte, sie sei kurz nach Mitternacht aufgebrochen.«

»Gute Arbeit«, sagte Sina. »Haben sie dir auch die Namen ihrer Begleiterinnen gegeben?«

»Selbstverständlich«, meinte Sven und rasselte vier Namen herunter, die er auf seinem Block notiert hatte.

»Sie waren also zu sechst, genau die Hälfte der Seminarteilnehmerinnen«, meinte Sina.

»Wir müssen herausfinden, wer an dem Abend in der Hotelbar Dienst hatte«, sagte Sven. »Wobei ich mir keine allzu großen Hoffnungen mache. Jeder der sechs wäre es doch sicher möglich gewesen, zwischendurch zu verschwinden, ohne dass es groß aufgefallen wäre.«

»Nicht nur das«, sagte Sina. »Wenn Wohlfahrt oder Müller sich direkt aus der Bar zu Marin Heselers Suite begeben hätte, würde das auch noch in dem Zeitrahmen liegen, den Dr. Singer bestimmt hat.«

»Wobei ich bezweifle, dass Heseler so spät in der Nacht noch jemandem die Tür geöffnet hätte«, gab Sven zu bedenken. »Falls er da noch gelebt haben sollte, hätte er doch tief und fest geschlafen.«

»Was aber nicht der Fall war, weil sein Bett unberührt war«, meinte Sina.

Sven klappte mit Nachdruck seinen Notizblock zu. »Lass uns morgen mit der Überprüfung der Alibis weitermachen. Jetzt ist es höchste Zeit für unseren Feierabend.« Er lächelte Sina an. »Wie lief denn überhaupt der Umzug? Du bist ja gestern gar nicht zum Auspacken gekommen vor lauter Arbeit.«

Sina lächelte ebenfalls. »Jan hat fast alles ausgepackt und einsortiert. Ich habe den besten Freund der Welt.«

Kapitel vier

Sina und Sven hatten den Vormittag damit verbracht, weitere Alibis einzuholen und diese zu überprüfen. Bis auf Jessica Holzmann und Anne Weber waren um die Mittagszeit alle Seminarteilnehmerinnen abgereist. Auch Holzmann und Weber hatten aus dem Hotel ausgecheckt, die Insel jedoch noch nicht verlassen.

Jessica war zu ihren Freunden gefahren, die am Stadtrand von Westerland lebten, um dort noch einige Tage Urlaub zu machen. Anne Weber hatte ihr Gepäck im Hotel gelassen und war ebenfalls nach Westerland aufgebrochen, um dort ihren letzten Tag auf Sylt zu verbringen, bevor sie am Abend nach Hause flog.

»Niemand hat ein wasserdichtes Alibi für den gesamten Zeitraum«, stellte Sven fest. »Auch nicht die letzten Barbesucherinnen, weil die Hotelbar um ein Uhr schließt. Da wäre auch noch eine Stunde Zeit gewesen.«

Er saß Sina gegenüber an einem Tisch bei Da Giovanni. Nachdem sie den Wirt und einen der Kellner befragt hatten, waren sie gleich dortgeblieben, um ihre Mittagspause zu verbringen.

»Ich würde trotzdem alle Frauen, die bis mindestens Mitternacht in der Hotelbar waren, ausklammern«, meinte Sina und schenkte sich ein Glas Mineralwasser ein.

»Selbst wenn Heseler erst um zwei Uhr starb, musste er ja vorher niedergeschlagen und in die Sauna gebracht werden. Dann hat es mindestens zwanzig Minuten, eher länger, gedauert, bis er starb.«

Sie runzelte die Stirn. »Kennst du dich mit dem Betrieb so einer Heimsauna aus? Das dauert doch sicher auch eine Weile, bis die auf Betriebstemperatur ist, oder?«

Sven nickte. »Stimmt, das dauert. Die Zeit muss man auch noch dazuzählen. Ich verstehe, was du meinst. Nadine Wohlfahrt und die anderen Damen, die noch in der Bar gefeiert haben, wandern also auf unserer Verdächtigenliste ganz nach unten.«

»Vor allem auch, weil wir für keine von ihnen ein Motiv feststellen konnten«, sagte Sina.

Sie blickte auf, als der Kellner an ihren Tisch trat und ihre Pastagerichte servierte. Fettuccine Alfredo für Sina und Spaghetti Amatriciana für Sven.

Sina schob sich die erste Gabel in den Mund und kaute genüsslich, während Sven seine Nudeln großzügig mit Parmesan bestreute.

Während sie aß, dachte Sina an ihr erneutes Gespräch mit Angela Koch zurück. Die Assistentin von Marin Heseler hatte ihr erzählt, dass ihr Chef sich das Abendessen vom Room Service auf seiner Suite habe servieren lassen. Er habe nicht ausgehen wollen, um sich für den zweiten Seminartag zu schonen.

Sie selbst habe ihn zuletzt gegen neunzehn Uhr dreißig gesehen, als sie kurz den vergangenen Seminartag besprochen hatten.

Das engt leider das Zeitfenster, das Dr. Singer uns gegeben hat, nicht ein.

»Worüber grübelst du so intensiv nach?«, fragte Sven zwischen zwei Bissen Pasta.

»Über das, was Angela Koch mir erzählt hat«, sagte Sina und trank einen Schluck Wasser.

»Ich bin gespannt, was dieses Excel-File hergibt, das sie dir geschickt hat«, meinte Sven.

»Ich auch.« Svens Vermutung vom Vortag hatte sich als richtig herausgestellt: Angela hatte sämtliche gelöschten Kommentare aufbewahrt.

Sie hatte diese in eine Excel-Datei kopiert, die auch das jeweilige Datum und die Uhrzeit des Kommentars enthielt. Für jede Plattform, auf der Heseler aktiv gewesen war, gab es innerhalb der Excel-Datei ein separates Blatt.

»Unseren Mörder werden wir unter den Kommentierenden nicht finden«, sagte Sina. »Aber ich möchte mir einen Eindruck verschaffen, woran diese Leute bei Marin Heseler am meisten Anstoß nahmen.«

»Du meinst, ob die nur offensichtlich neidisch auf seinen Erfolg waren oder ob es konkrete Dinge, die er sagte oder tat, gab, die Anlass zu Beschwerden gaben?«

»So ungefähr, ja.«

Sven schob seinen leer gegessenen Teller von sich. »Ich wette, die Hälfte der fiesen Kommentare stammt von Kerlen, die sich wünschten, sie wären an Heselers Stelle. Viel Geld verdienen und den ganzen Tag mit Single-Frauen zu tun haben, da würde so mancher gerne tauschen.«

Sina zog die Augenbrauen hoch. »Du vielleicht auch?«

Gespielt nachdenklich legte Sven die Stirn in Falten. »Hm, wenn du mich so fragst ...«

Sina sah ihn ebenso gespielt streng an. »Sei froh, dass du bei der Polizei bist. Stell dir vor, du müsstest ständig Videos für YouTube drehen.«

Sven hob beide Hände in einer Geste, die vollständige Kapitulation bedeuten sollte. »Du hast recht. Dafür bin ich nicht telegen genug. Außerdem hätte ich schreckliches Lampenfieber und könnte wahrscheinlich keinen einzigen Satz herausbekommen, ohne zu stottern.«

Lachend drehte Sina ihre letzten Nudeln auf. Der Gedanke an YouTube-Videos mit Sven war einfach zu komisch.

***

Als Sina an ihren Schreibtisch zurückkehrte, erwartete sie eine Nachricht von Dr. Singer. Die Ergebnisse der toxikologischen Untersuchungen waren eingetroffen. Es gab keinerlei Auffälligkeiten, der Tote hatte eine geringe Menge Alkohol im Blut gehabt.

Der Promillegehalt entspricht einem oder vielleicht auch zwei Glas Wein oder auch Sekt zum Abendessen, hatte Singer notiert. *Mehr nicht.*

Sina runzelte die Stirn. *Das ist merkwürdig.*

Nachdem Angela Koch ihr erzählt hatte, dass Marin Heseler in seiner Suite zu Abend gegessen hätte, hatte Sina beim Room Service des Hotels nachgefragt. Sie hatte einen Computerausdruck der Bestellung erhalten, die Heseler abgegeben hatte, den sie sich nun genau ansah.

Die Bestellung war um neunzehn Uhr zweiunddreißig telefonisch eingegangen. Der Coach hatte eine gegrillte Hühnerbrust mit gedünstetem Gemüse, einen gemischten Salat und eine Flasche Mineralwasser bestellt.

Kein alkoholisches Getränk, keinen Nachtisch. Hat er sich aus der Minibar bedient?

Sina griff zum Telefon und wählte die Nummer von Hoteldirektor Alwin Brecht.

»Ich habe eine etwas ungewöhnliche Frage«, kam sie nach den Begrüßungsfloskeln direkt zur Sache.

»Könnten Sie bitte für mich herausfinden, ob sich in der Minibar in Herrn Heselers Suite Wein oder Sekt befand und ob er etwas davon am Samstagabend konsumierte?«

»Einen Moment, bitte. Ich sehe nach, wann der zuständige Mitarbeiter die Minibar zuletzt kontrolliert hat. Wir haben die Suite noch nicht gereinigt und werden sie in den nächsten Tagen auch noch nicht neu vergeben, falls Anfragen kommen sollten.«

Sina hörte eine Tastatur klappern. »Wie ich mir dachte: Die Minibar wurde zuletzt am Samstagvormittag frisch aufgefüllt. Ich sehe hier allerdings einen Vermerk, dass Herr Heseler vor seiner Anreise ausdrücklich wünschte, dass sich nur Mineralwasser und Fruchtsäfte in seiner Minibar befinden. Kein Alkohol und keine Limonaden wie Cola oder Ähnliches.«

Sina biss sich nachdenklich auf die Unterlippe. »Könnten Sie bitte jemanden in die Suite schicken, der nachsieht, ob sich vielleicht doch Alkohol in der Minibar befindet?«

»Wissen Sie was? Das mache ich schnell selbst. Ich rufe Sie in einigen Minuten zurück.«

Um die Wartezeit auf Brechts Rückruf produktiv zu verbringen, öffnete Sina das Excel-File, das Angela Koch ihr überlassen hatte.

Sie scrollte durch das erste Blatt der Datei und unterdrückte ein Stöhnen, als sie sah, wie zahlreich die Eintragungen waren. *Das war ja ganz schön Arbeit, den schönen Schein zu wahren. Alles nur, damit Heseler gut dasteht.*

Sina sprang wieder zum Anfang und begann zu lesen. Die meisten Kommentare waren kurz und gehässig. Heseler wurde mit allen möglichen Schimpfworten bedacht, von denen *Volldepp* eines der harmloseren war.

Reichlich Rechtschreib- und Grammatikfehler, wie bei dieser Art von Kommentaren üblich. Von korrekter Groß- und Kleinschreibung und Zeichensetzung ist auch nicht viel zu sehen.

Sina scrollte immer schneller, überflog die Kommentare nur noch. Als ihr Telefon klingelte, atmete sie erleichtert auf.

Die Pause kann ich brauchen. Hoffentlich ist das Brecht.

Es war tatsächlich der Hoteldirektor. »In der Minibar befindet sich kein Alkohol«, teilte der Hoteldirektor ihr mit. »Ich habe auch die Abrechnung vom Freitag überprüft, dem Tag, an dem Herr Heseler anreiste. Er hatte insgesamt drei große Flaschen stilles Mineralwasser sowie zwei kleine Flaschen Apfelsaft. Sonst nichts. Bis auf eine Flasche Mineralwasser am Samstagabend zum Abendessen gab es auch keine weitere Getränkebestellung beim Room Service.«

Sina bedankte sich und legte nachdenklich auf.

Woher kam der Alkohol, den Heseler kurz vor seinem Tod getrunken hat? Die Hotelbar hat er nicht besucht, das hatten wir ja bereits überprüft. Hat er den Alkohol irgendwo außerhalb des Hotels gekauft oder sogar am Freitag bei seiner Anreise mit im Gepäck gehabt? Unwahrscheinlich.

Sina lehnte sich zurück und verschränkte die Arme.

Die wahrscheinlichste Theorie ist, dass es der Täter war, der den Alkohol mitbrachte. Er oder sie stand am Abend mit einer Flasche Wein oder Sekt bei Heseler vor der Tür. Sie tranken gemeinsam ein Glas, dann kam es zum Streit.

Sina richtete sich auf, als ihr eine Idee kam. Erneut griff sie zum Telefon.

***

Nach dem Check-out um elf Uhr hatte Jess ihre Koffer in den Gepäckraum des Hotels bringen lassen. Anschließend hatte sie einen Strandspaziergang unternommen und dann in einem der drei Restaurants des Elysian Escape zu Mittag gegessen.

Nun verweilte sie noch bei einem Cocktail und genoss den Blick auf die Weite des Meeres durch die vom Boden bis zur Decke reichenden Panoramafenster.

Schade, dass meine Zeit hier zu Ende ist. Aber ich werde mich auch bei Claudia und Moritz noch bestens erholen. Weniger Luxus, aber dafür nette Gesellschaft.

Bei dem Gedanken an nette Gesellschaft fiel ihr wieder der attraktive Polizist ein.

Warum hat der mich heute Vormittag nicht befragt, sondern seine Kollegin? Ob ich den einfach mal anrufen sollte, wenn dieser Fall abgeschlossen ist?

Nachdenklich fuhr Jess mit dem Zeigefinger über das beschlagene Cocktailglas. *Während die Ermittlungen laufen, darf der sicher gar nicht mit mir ausgehen. Schließlich bin ich eine Zeugin oder vielleicht sogar eine potenzielle Verdächtige.*

Sie überlegte, ob dies ein Vorwand sein könnte, Sven Haycken anzurufen. *Ich frage ihn, wie da die Vorschriften sind. Das wäre doch die beste Anmachtaktik aller Zeiten.*

Unwillkürlich musste Jess grinsen, als ihr der Gedanke kam, dass diese Taktik im umfangreichen Repertoire von Marin Heseler gefehlt hatte.

Aber wie oft kommt frau denn auch in Kontakt mit attraktiven Polizisten? Selten bis nie.

Langsam trank Jess ihren Cocktail aus. Sie überlegte, ob sie sich noch einen weiteren bestellen sollte.

Lieber nicht. Ich will nachher nicht total betüddelt bei Claudia und Moritz eintreffen. Was sollen die von mir denken?

Jess hatte mit ihren Freunden ausgemacht, dass sie um achtzehn Uhr zu ihnen kommen würde. Dann wären beide von der Arbeit zurück. Bis dahin hatte sie also noch einige Stunden totzuschlagen.

Ich könnte Angela besuchen. Vielleicht hat sie Lust auf einen Plausch. Ja, das ist eine gute Idee.

Jess signalisierte dem Kellner, dass sie zahlen wollte. Sobald ihre Rechnung beglichen war, stieg sie in den Lift und fuhr in den achten Stock.

Sie klopfte an die Tür von Angelas Zimmer. *Hoffentlich ist sie überhaupt da.*

Jess musste nicht lange warten, bis die Tür aufgerissen wurde. Doch im Türrahmen stand nicht Angela, sondern eine Frau, die Jess noch nie gesehen hatte.

»Oh, Entschuldigung, ich wollte zu Angela Koch.«

»Wer sind Sie?«, raunzte die Frau sie an. »Wir hatten den Room Service erwartet.«

Angela tauchte hinter der Frau auf. »Hallo, Jess.«

Jetzt musterte die Fremde Jess abschätzend von oben bis unten. »Angela hat jetzt keine Zeit. Wir sind in einem Meeting. Geschäftlich.«

Bevor Jess noch etwas sagen konnte, knallte die Frau so rabiat die Tür zu, wie sie sie eine Minute zuvor aufgerissen hatte.

Mit offenem Mund starrte Jess die geschlossene

Tür an. *Was zum Geier war das denn bitte?*

***

Wäre ja auch zu schön gewesen, dachte Sina. Sie hatte erneut bei Alwin Brecht angerufen, dieses Mal, um den Hoteldirektor zu bitten, herauszufinden, ob am Samstagabend ein Hotelgast eine Flasche Wein oder Sekt beim Room Service bestellt hatte.

Die Antwort war niederschmetternd gewesen. Fünf Flaschen Rotwein, zwei Flaschen Weißwein sowie sechs Flaschen Sekt oder Champagner. Und das waren nur die Flaschen mit einem Fassungsvermögen von mindestens 0,7 Litern. Brecht hatte Sina versichert, dass noch viel mehr Flaschen mit geringerem Inhalt bestellt worden waren.

Eigentlich nachvollziehbar bei einem Luxushotel. Da übernachten genau die Leute, die sich abends einen guten Tropfen zum Essen gönnen.

Alwin Brecht hatte Sina die vollständige Liste der Besteller aus Datenschutzgründen nicht überlassen wollen. Jedoch hatte er bereitwillig ihre Frage beantwortet, ob sich unter den Namen eine der Seminarteilnehmerinnen oder Angela Koch befand. Dies hatte er verneint.

Sina wandte sich erneut der Excel-Datei mit den gelöschten Kommentaren zu, als ihr Kollege Sebastian im Türrahmen auftauchte. »Sina, da ist eine Dame, die dich sprechen will. Sie sagt, ihr Name sei Dorothe Kneise.«

Überrascht nickte Sina. »Schick sie bitte rein.«

Sie schaltete den Monitor aus. *Was will denn Marin Heselers Ex von mir? Was macht die überhaupt auf Sylt?*

Die junge Frau, die wenig später Sinas Büro betrat, wirkte ein wenig schüchtern.

Was für ein Kontrast zu Riva Heseler, die hier gestern ankam, als gehöre ihr die ganze Insel.

»Ich hoffe, ich störe Sie nicht«, begann Dorothe Kneise. »Ich bin mir ein wenig unsicher ... Ich meine ...« Erneut brach sie ab, schien völlig den Faden verloren zu haben. »Als ich gehört habe, dass Marin tot ist, bin ich sofort losgefahren, ohne groß nachzudenken. Jetzt bin ich hier und weiß nicht, was ich tun soll.«

Aus großen grünen Augen sah sie Sina an. »Ich will auf keinen Fall Ihre Arbeit stören, aber ich verspüre diese innere Unruhe, dieses Gefühl, dass ich etwas tun muss. Kennen Sie das?«

Sina nickte Dorothe aufmunternd zu. »Man weiß genau, dass es nichts gibt, das man tun könnte, um die Dinge zu ändern, kann das aber nicht akzeptieren.«

Dorothe sah Sina ein wenig verblüfft an, so als sei sie überrascht, dass eine Polizistin ihre Gefühle nachvollziehen konnte. »Ja, genau das. So fühle ich mich, seit ich von Marins Tod erfahren habe.«

Sina musterte ihr Gegenüber. Dorothe Kneise war in eine ausgeblichene Jeans und einen locker fallenden Pullover gekleidet. Auf dem Schoß hielt sie eine Steppjacke, in die sie beide Hände verkrallt hatte. Die rotbraunen Locken trug sie offen, sie wirkten ein wenig zerzaust.

Das ist der Herbstwind hier auf Sylt.

»Vielleicht gibt es ja doch etwas, das Sie tun können«, sagte Sina langsam. »Wir arbeiten immer noch daran, uns ein Bild von dem Menschen Marin Heseler zu machen. Sie als seine ehemalige Lebensgefährtin können uns da vielleicht wichtige Informationen geben.«

Dorothe nickte eifrig. »Alles, was Sie wissen möchten, fragen Sie nur.«

»Sind Sie direkt aus Berlin hierhergekommen?«

»Ja, ich habe sofort einen Flug gebucht, habe auch nur das Nötigste eingepackt. Ich glaube, ich habe meine Zahnbürste vergessen.« Sie hob die Hände. »Was rede ich da nur für einen Unsinn? Das ist doch völlig egal.«

»Schon in Ordnung«, sagte Sina mit sanfter Stimme.

Tiefe Verzweiflung lag in Dorothe Kneises Blick, als sie Sina fest ansah. »Ist es wirklich Marin? Ist er wirklich tot? Besteht kein Zweifel?«

»Seine Assistentin hat ihn gefunden und mittlerweile hat ihn auch seine Schwester offiziell identifiziert. Es besteht also keinerlei Zweifel an seiner Identität, tut mir leid.«

Dorothe verzog das Gesicht. »Riva! War ja klar, dass die sofort herkommt und sich in Szene setzt.«

Sina sah ihr Gegenüber fragend an. »Sie sind nicht gut auf Frau Heseler zu sprechen?«

Dorothe reagierte mit einem äußerst undamenhaften Schnauben. »Riva konnte mich noch nie leiden. Fragen Sie mich nicht warum, ich habe der Frau nie etwas getan. Ganz im Gegenteil, ich wollte immer gut mit ihr auskommen. Schließlich war sie die Schwester meines Freundes und da die beiden eine sehr enge Beziehung hatten, wäre ich sehr gerne mit ihr befreundet gewesen.«

Sie hob erneut beide Hände, dieses Mal in einer Geste, als gäbe sie sich geschlagen. »Aber da war nichts zu machen. Sie hat mich von Anfang an mit offener Feindseligkeit behandelt. Als hätte sie Angst, ich würde ihr etwas wegnehmen.«

Sina fiel wieder ein, wie Riva Heseler ihr geraten hatte, Dorothe nach deren Alibi zu fragen. *Das klingt wirklich nach gegenseitiger Abneigung. War die Schwester eifersüchtig auf die Geliebte? Hatte sie Angst, dass ihre enge Beziehung zu ihrem Bruder leiden würde, weil er eine Freundin hatte?*

»Sie und Herr Heseler haben sich erst vor wenigen Monaten getrennt. War das einvernehmlich oder von wem ging die Trennung aus?«, fragte Sina.

Dorothe schluckte und schloss kurz die Augen. »Marin hat sich von mir getrennt. Ich bin aus allen Wolken gefallen. Ich dachte, alles sei wunderbar. Aber von heute auf morgen fand er dann plötzlich, unsere Beziehung habe sich totgelaufen.«

Ein Beziehungscoach, der sein eigenes Privatleben ganz und gar nicht im Griff hat. Interessant.

»Sie sahen das also nicht so? Dass die Beziehung sich totgelaufen hatte, meine ich.«

Tiefe Traurigkeit malte sich auf Dorothes hübschen Gesichtszügen ab. »Nein. Überhaupt nicht. Ich hatte auch die ganze Zeit immer noch die Hoffnung, ihn zurückgewinnen zu können. Dass er einsehen würde, dass wir zusammengehören. Bis ich am Montag ...«

Dorothe senkte den Blick, die lockigen Haare fielen ihr ins Gesicht.

Ihre Gefühle scheinen mir ehrlich zu sein. Sie ist eindeutig zutiefst geschockt über Marin Heselers Tod.

Sina betrachtete Dorothe Kneise nachdenklich. Sie konnte sich überhaupt nicht vorstellen, dass diese hübsche, gefühlvolle Frau nur des Geldes und des

Status wegen mit Heseler zusammen gewesen war, so wie dessen Schwester behauptet hatte.

»Können Sie sich vorstellen, wer Marin getötet haben könnte und aus welchem Motiv?«, fragte Sina.

»Warum? Das ist die Frage, die ich mir seit gestern unentwegt stelle. Wie eine Endlosschleife läuft sie in meinem Kopf ab.« Dorothe atmete tief durch. »Ich habe nicht den Hauch einer Ahnung. Das Einzige, was ich mir vorstellen könnte, wäre ein Raubmord, aber das war es ja wohl nicht?«

Sina schüttelte den Kopf. Nein, so einfach lag der Fall Heseler tatsächlich nicht. Sie reichte Dorothe eine ihrer Visitenkarten. »Falls Ihnen doch noch etwas einfällt, rufen Sie mich bitte an. Wie lange bleiben Sie noch auf Sylt?«

Dorothe nahm die Karte entgegen und schob sie umständlich in eine Tasche ihrer Steppjacke. »Ich weiß nicht. Ich habe die billigste Pension gebucht, die ich auf die Schnelle finden konnte. Erstmal für drei Nächte. Wie es dann weitergehen soll, weiß ich auch nicht.«

Sina überlegte kurz. *Naja, ob ich es ihr sage, oder ob sie es aus der Zeitung oder dem Internet erfährt, ist eigentlich auch egal.* »Frau Heseler plant eine Trauerfeier für ihren Bruder. Hier auf Sylt.«

Dorothe erstarrte mitten in der Bewegung. Mit leicht geöffnetem Mund starrte sie Sina an. »Das ist so typisch. Riva lässt wirklich keine Gelegenheit aus, sich in den Mittelpunkt zu rücken.«

Die beiden haben tatsächlich überhaupt nichts füreinander übrig.

***

»Du musst Riva entschuldigen«, sagte Angela und nippte an ihrem Tee. »Sie steht unter extremer Anspannung.«

Jess schüttelte den Kopf. »Kein Grund, so unhöflich zu sein.«

Eine Stunde nach der höchst seltsamen Begegnung mit Riva Heseler - denn dass es sich um Marin Heselers Schwester gehandelt hatte, wusste Jess mittlerweile - hatte Angela sich per WhatsApp bei Jess gemeldet und ein Treffen im Hotelrestaurant im Erdgeschoss vorgeschlagen.

»Ich hoffe, dich behandelt sie weniger schroff«, sagte Jess, die ebenfalls eine Tasse Tee vor sich stehen hatte.

»Ich komme ganz gut mit ihr aus«, sagte Angela vage. Ihr Blick ging an Jess' Schulter vorbei ins Leere. »Aber es ist natürlich kein Vergleich zu der Zusammenarbeit mit Marin.«

»Ich kann kaum glauben, dass die beiden Geschwister sind«, meinte Jess. »Marin hatte diese einnehmende Art, er hat doch alle um den kleinen Finger gewickelt. Riva hingegen ...« Sie ließ den Rest des Satzes ungesagt.

Angela stellte ihre Teetasse ab und seufzte leise. »Ja, das stimmt wohl. Das mit dem um den kleinen Finger wickeln, meine ich. Er hatte diese Fähigkeit, Menschen in seinen Bann zu ziehen mit seiner Persönlichkeit und seinem Charme.«

»Er hatte fast etwas Hypnotisches«, sagte Jess. »Zumindest, als ich ihn am Samstag beim Seminar erlebte.«

Angelas Blick bekam etwas Verträumtes. »Nicht nur da. Er hatte diese Gabe, anderen Menschen das Gefühl zu vermitteln, dass sie wirklich wichtig seien.

Dass er sie und ihre Gefühle und Probleme versteht. Weißt du, was ich meine?«

Jess nickte. War jetzt der Zeitpunkt gekommen, die Frage zu stellen, die ihr auf den Nägeln brannte?

Sie beschloss, es zu riskieren.

»Und wie war eure Beziehung? Außerhalb der Arbeit, meine ich?«, fragte sie behutsam.

Angela starrte auf ihre Teetasse. Nachdem sie so lange geschwiegen hatte, dass Jess schon dachte, sie würde gar nicht auf ihre Frage reagieren, sagte sie schließlich: »Es war kompliziert.«

»Kompliziert? Inwiefern?« Jess hielt den Atem an. Hatte der smarte Beziehungscoach am Ende ein Verhältnis mit seiner persönlichen Assistentin gehabt?

Wäre das nicht allzu abgeschmackt? Irgendwie hätte ich beiden mehr Stil zugetraut.

Mit traurigen Augen sah Angela Jess an. »Ich habe über vier Jahre für ihn gearbeitet. Ich glaube, ich habe mich in ihn verliebt, als ich ihn das erste Mal sah. Lange habe ich mir das nicht eingestehen wollen. Aber irgendwann musste ich mich meinen Gefühlen stellen.«

Jess hielt den Atem an. »Und Marin? Was hatte er für Gefühle für dich?«

Wieder schwieg Angela lange, schien sich ihre Antwort gründlich zu überlegen. »Er war mein Chef, mein Mentor und vielleicht sogar so etwas wie ein Freund. Aber er war nie der Mann in meinem Leben.« Sie seufzte. »Kurz bevor ich bei ihm anfing, hatte er Doro kennengelernt.«

»Doro?«

»Seine Freundin, mittlerweile Ex«, sagte Angela leise. »Marin beendete die Beziehung vor einigen Monaten.«

Jess überlegte, ob Angela sich wohl Chancen bei Marin ausgerechnet hatte, als der sich von seiner Freundin getrennt hatte. »Du hast also all die Zeit für ihn gearbeitet, warst ihm fast täglich ganz nah, aber er war mit einer anderen zusammen?«

Angela nickte. »Es war schwer. Aber weißt du, ich habe ja auch mitbekommen, was die beiden für Probleme hatten. Sie waren auch nicht immer glücklich, oft haben sie sich gestritten, dass nur so die Fetzen flogen. In den Wochen und Monaten vor der Trennung wurden diese Streits immer häufiger. Und immer heftiger.«

Sie nahm einen Schluck von ihrem Tee. Jess bemerkte, dass Angelas Hand zitterte. Klirrend stellte sie die Tasse wieder ab. »Ich konnte einfach nicht verstehen, warum er so lange bei ihr blieb.«

Das ist ja höchst interessant. Der Beziehungscoach, der Frauen Tipps gibt, wie sie den Mann fürs Leben finden und eine glückliche Beziehung führen, aber in seinem eigenen Liebesleben geht es drunter und drüber. Gut, dass das nie an die Öffentlichkeit kam, das wäre doch sicher schlecht fürs Geschäft gewesen.

Diese Gedanken behielt Jess für sich. Stattdessen legte sie eine Hand auf Angelas und sagte in einfühlsamem Tonfall: »Das muss sehr schwer für dich gewesen sein.«

Angela senkte den Blick und nickte. »Ja, aber das war nichts gegen das, wie ich mich jetzt fühle. Jetzt ist er weg. Endgültig. Jetzt werde ich nie erfahren, ob ich ihm jemals etwas bedeutet habe.«

Jess drückte Angelas Hand. »Aber jetzt hast du die Chance, dich von ihm zu lösen. Finde deine eigene Bedeutung, ganz ohne ihn.«

Als Angela den Blick wieder hob, lag tiefe Traurigkeit in ihren Augen. »Ich weiß nicht, ob ich das kann«, flüsterte sie mit rauer Stimme.

»Doch, du kannst das. Es ist Zeit, dass du deine eigene Geschichte schreibst, statt dich in seiner zu verlieren.«

Erst sah Angela Jess ein wenig verwirrt an, doch dann nickte sie. »Vielleicht hast du recht. Vielleicht ist das genau das, was ich tun muss.«

***

»Sven, schau dir das hier mal an.« Sina stürmte in das Büro ihres Kollegen und legte einen Ausdruck auf seinen Schreibtisch.

»Was ist das?«

»Einer der Kommentare, die Angela Koch gelöscht hat. Wurde vor knapp einer Woche auf YouTube gepostet.« Sina setzte sich auf einen der Besucherstühle vor Svens Schreibtisch und sah ihn auffordernd an.

Er griff nach dem Blatt und las laut vor: »Seit meine Freundin deine Videos guckt, spinnt die total. Jetzt will sie Schluss machen, weil ich sie angeblich nicht genug respektiere. Das ist allein deine Schuld, du Wichser.«

Sven wedelte sich mit der freien Hand Luft zu. »Da ist der gute Marin aber jemandem ganz gewaltig auf den Schlips getreten.«

»Allerdings«, meinte Sina. »Ich habe noch ein paar andere Kommentare in dieser Art gefunden, aber der hier war am deutlichsten.«

»Eifersüchtige Freunde beziehungsweise Ex-Freunde«, sagte Sven langsam. »Hm, meinst du, so einer würde Marin Heseler bis nach Sylt folgen, sich irgendwie Zutritt zu dessen Suite verschaffen und ihn dann töten?«

Sina spreizte die Finger beider Hände. »Es wurden schon Leute für weniger getötet.«

»Stimmt auch wieder«, meinte Sven. Er hob den Ausdruck, den er immer noch in der Hand hielt. »Aber dieser Typ hier verbirgt sich hinter einem anonymen Usernamen. Wir werden nie von YouTube den Klarnamen erhalten, weil es nicht illegal ist, jemanden als Wichser zu beschimpfen. Wenn er eine konkrete Drohung ausgesprochen hätte, hätten wir eine Chance, aber so nicht.«

»Weiß ich doch«, sagte Sina. »Ich glaube auch nicht, dass dieser User oder ein anderer, der einen gehässigen Kommentar online gestellt hat, der Täter ist. Anonyme Giftspritzen sind in der Regel keine Mörder.«

»Außerdem wäre es ja auch zu blöd, seine Tat quasi anzukündigen.« Sven faltete den Ausdruck in der Mitte zusammen. »Aber gut, jetzt wissen wir immerhin, dass es da draußen doch etliche Leute gibt, die nicht gut auf Heseler zu sprechen waren.«

»Ja, immerhin«, meinte Sina. »Die große Frage ist jetzt nur, was wir mit diesem Wissen anfangen können.«

Sven tippte auf seine Armbanduhr. »Heute gar nichts mehr. Wir fahren jetzt beide nach Hause und entspannen uns. Arbeit ist nicht das ganze Leben.«

Sina stand auf. »Da bin ich dabei.«

***

Sina schloss gerade die Tür zu Jans Haus auf, als sich ihr Handy mit einem vernehmlichen Brummen aus den Tiefen ihrer Handtasche meldete.

Nein, bitte nicht. Ich will jetzt einen ruhigen Abend haben.

Sie schob die Tür hinter sich mit dem Fuß zu und angelte das Smartphone aus der Tasche. Im Display stand eine Nummer, kein Name. Der Anrufer war also jemand, den Sina nicht in ihrem Adressbuch gespeichert hatte.

Hoffentlich hat es nichts mit dem Fall zu tun. Sven hat recht, wir brauchen beide auch mal eine Auszeit vom Job.

»Marten«, meldete sie sich knapp, während sie ihre Handtasche an die Garderobe hängte.

»Heseler, guten Abend«, drang die kühle Stimme von Marin Heselers Schwester aus dem Telefon. »Ich wollte Sie nur kurz informieren, dass der Termin für die Trauerfeier steht. Sie wird morgen Nachmittag in der St. Bonifatius-Kirche stattfinden.«

»Oh, morgen schon.« Sina war ehrlich erstaunt. Sie hätte nicht gedacht, dass Riva Heseler und Angela Koch alles so schnell organisieren könnten.

»Ja, es geht um sechzehn Uhr los. Ich würde mich sehr freuen, wenn Sie und Ihr Kollege ebenfalls kommen würden.«

Knapp verabschiedete Riva Heseler sich und Sina stand mit dem Telefon in der Hand ein wenig ratlos im Hausflur.

Sie würde sich freuen, wenn wir kommen? Was war das denn für ein Spruch?

Kopfschüttelnd legte Sina das Handy auf das Sideboard im Flur und zog sich die Stiefel aus.

»Wo bleibst du denn?« Jan trat aus dem Wohnzimmer in den Flur und sah sie fragend an.

»Ich bekam gerade einen Anruf, als ich aufsperrte«, sagte Sina und richtete sich wieder auf. »Hast du schon gegessen?«

Ihr Freund schüttelte den Kopf. »Nein, ich wollte auf dich warten.«

»Das ist lieb.« Sina lächelte ihn an. »Ich will heute nur ein Brot oder so was in der Art. Ich war mittags mit Sven beim Italiener.« Sie schlug sich mit einer Hand auf die Hüfte. »Ich muss aufpassen, dass ich mir keinen Winterspeck anfuttere.«

Jan verdrehte die Augen. »Ja, klar. Wie wäre es mit einem Salat mit einem leichten Joghurtdressing?«

Entsetzt sah Sina ihren Freund an. »Wie bitte?«

Er grinste, drehte sich um und steuerte die Küche an. »Obst wäre auch noch da. Oder vielleicht fettarmer Hüttenkäse.«

»So habe ich das auch wieder nicht gemeint«, rief Sina und folgte ihm.

Kapitel fünf

Angela war also heimlich in Marin verliebt, aber der war mit dieser Doro zusammen. Mit der er sich wiederum oft gestritten hat, wenn ich Angela glauben darf.

Jess ging in Gedanken noch einmal das Gespräch durch, das sie am Vortag mit Angela geführt hatte. Die Freunde, bei denen sie nun wohnte, hatten zum Glück ein Haus, von dem aus man nach einem kurzen Spaziergang den Strand erreichte.

So war Jess gleich nach dem Frühstück aufgebrochen und sah nun auf das Meer hinaus. Sie war erst ein Stück den Strand entlanggewandert, hatte sich dann jedoch in einen Strandkorb gesetzt. Da ein ziemlich kühler Wind wehte, steckte sie die Hände in die Ärmel ihres dicken Pullovers und zog die Schultern hoch.

Ist unerwiderte Liebe ein Mordmotiv? Vielleicht schon, aber ich traue Angela keinen Mord zu. Eine andere Möglichkeit wäre, dass Marin und seine Doro sich über irgendetwas so heftig gestritten haben, dass das auch noch einige Monate nach ihrer Trennung ein Motiv für Doro darstellte.

Jess folgte mit ihren Blicken einer Möwe, die ihre Kreise am fast wolkenlosen Herbsthimmel zog.

Da müsste man jetzt natürlich wissen, wo sich Marins Ex am Wochenende aufgehalten hat. Die wird ja sicher genau wie er in Berlin wohnen.

Jess sah zu, wie die Möwe tiefer flog und schließlich auf dem Strand landete. Sie hackte mit dem Schnabel im Sand herum, hatte offensichtlich etwas Essbares gefunden.

Sollte ich Sven Haycken anrufen und ihm von

dem erzählen, was ich von Angela erfahren habe? Aber wahrscheinlich würde ich ihm da nichts Neues sagen, die Ex haben sie doch sicher schon längst überprüft. Und dass Angela in Marin verliebt war, das behalte ich für mich. Das hat sie mir im Vertrauen erzählt und ich will ihr Vertrauen nicht missbrauchen. Ich mag Angela. Außerdem bin ich mir ja ganz sicher, dass sie nicht die Mörderin ist.

Die Möwe hob den Kopf, es sah aus, als halte sie ein Stück von einem Brötchen im Schnabel.

Wer könnte Marin umgebracht haben? Eine von uns Seminarteilnehmerinnen? Aber warum?

Jess schüttelte sich, als eine besonders starke Windböe auf ihren Strandkorb traf. Sie stand auf und machte sich auf den Rückweg.

Nein, ich habe leider keinen guten Vorwand, um Sven Haycken anzurufen. Hoffentlich ist er heute Nachmittag bei der Trauerfeier. Vielleicht ergibt sich da die Möglichkeit für ein Gespräch.

Jess stieg die Stufen hoch, die zu dem hölzernen Weg über die Dünen führten. Sie geriet ein wenig außer Atem, also blieb sie am Ende der Treppe kurz stehen, um zu verschnaufen.

Sie drehte sich um und lächelte beim Anblick des menschenleeren Strandabschnittes und des endlos weiten Meeres dahinter.

Rasch zog sie ihr Handy aus der Tasche und machte ein paar Selfies.

Ich hab schon viel zu lange nichts mehr auf Instagram geteilt.

***

Sina saß, das Kinn in beide Hände gestützt, am

Schreibtisch. In ihrem Kopf herrschte Chaos. Die verschiedensten Theorien und Vermutungen jagten sich im Kreis. Doch keiner ihrer Gedankengänge führte zu einem Ziel.

Da hilft jetzt nur noch eins, dachte sie.

Sie öffnete ein neues Textdokument und begann draufloszutippen. Alles, was ihr durch den Kopf ging, schrieb sie nieder. Ohne sich selbst zu zensieren, ohne auf korrekte Rechtschreibung oder Grammatik zu achten.

Als sie fertig war, scrollte sie durch das Geschriebene. Stellte Sätze um, ergänzte, löschte.

Schließlich las sie alles noch einmal durch.

Ich bin mir eigentlich nur in einem Punkt ganz sicher. Der Täter war kein Fremder, es war jemand, den Marin Heseler kannte. Wie hätte diese Person sonst in die Suite gelangen können?

Sina hielt inne. *Außer, es war jemand, der sich als Hotelangestellter ausgab.*

Sie seufzte und schrieb diese Idee ebenfalls auf.

Ein Fremder, der sich als Hotelangestellter ausgab und sich unter einem Vorwand Zugang zu Heselers Suite verschaffte.

Einen Moment starrte Sina auf diesen Satz. *Nein, jemand mit einem so ausgeklügelten Plan hätte Heseler auf andere Weise getötet. Die Mordmethode deutet meiner Meinung nach deutlich darauf hin, dass es jemand war, der ein persönliches Problem mit Heseler hatte.*

Sie schloss kurz die Augen. *Womit wir wieder bei dem Punkt wären, dass der Täter aus Heselers persönlichem Umfeld kommt. Er hat in Berlin gelebt, dort sind seine Freunde, Bekannten und seine Familie. Also beschränkte sich sein privates Umfeld hier auf Sylt auf die Teilnehmerinnen des Seminars und seine persönliche Assistentin.*

Sina öffnete die Augen wieder und holte die Liste der Seminarteilnehmerinnen auf den Bildschirm. Langsam ging sie die Tabelle durch und rief sich die einzelnen Frauen ins Gedächtnis.

Keine einzige dieser zwölf Frauen erscheint mir auch nur ansatzweise verdächtig. Bleibt die persönliche Assistentin. Was ist mit Angela Koch?

Sina biss sich auf die Unterlippe. Angela war definitiv die Person, die Marin Heseler am nächsten gestanden hatte und somit am ehesten ein Motiv haben könnte. Doch der zierlichen, zurückhaltenden Frau traute Sina diesen grausamen Mord einfach nicht zu.

Ich kann mir nicht vorstellen, dass sie so kaltblütig sein könnte, Heseler zu fesseln und dann ungefähr eine halbe Stunde lang in der heißen Sauna liegen zu lassen. Dafür braucht man doch Nerven aus Stahl. Anschließend überprüfen, ob er wirklich tot ist und die Sauna ausschalten. Nein, das würde Angela Koch nicht über sich bringen.

Sina schloss das Dokument mit der Liste wieder. *Dann wäre da noch Katja Bertram. Sie wollte eine Erstattung des Honorars, das sie Marin Heseler gezahlt hatte. Aber das kann doch eigentlich gar kein Mordmotiv sein. Jetzt muss sie sich mit den Erben um dieses Geld streiten. Da hat sie doch kaum Chancen, ihre siebentausendfünfhundert Euro zurückzubekommen.*

Sie biss sich auf die Unterlippe, als sie an Riva Heseler dachte. *Die rückt freiwillig garantiert kein Geld raus, da wird Katja Bertram sich durch sämtliche Instanzen klagen müssen.*

Sina stand vom Schreibtisch auf und trat ans

Fenster ihres Büros. *Ich habe die Befürchtung, dass Marin Heseler von jemandem getötet wurde, den wir noch gar nicht auf dem Schirm haben. Was bedeutet, ich muss noch viel mehr über Heseler herausfinden.*

Sie nickte, wie um sich selbst zu bestätigen. *Die beste Anlaufstelle dafür scheint mir die Schwester zu sein. Ich muss noch einmal ausführlich mit Riva Heseler sprechen.*

***

Zu Sinas großer Überraschung hatte Riva Heseler sich sofort zu einem Gespräch bereit erklärt, als Sina sie angerufen hatte. Sina hatte eigentlich erwartet, dass Riva sie auf den nächsten Tag vertrösten würde, mit dem Hinweis darauf, dass sie wegen der Trauerfeier zu viel zu tun habe.

»Es ist bereits alles vorbereitet. Um die letzten Details wird Angela sich kümmern«, sagte Riva, als sie Sina gegenüber saß. »Meine Trauerrede habe ich schon gestern geschrieben und Angela hat sie heute Vormittag bereits durchgesehen und Änderungsvorschläge gemacht. Sämtliche Einladungen sind gestern rausgegangen, auch die Medien wurden natürlich schon gestern informiert.«

Bei der Erwähnung des Wortes *Medien* wäre Sina fast zusammengezuckt. Auf großartigen Presserummel rund um den Mord des Beziehungscoachs würde sie natürlich liebend gern verzichten. Doch genau darauf schien Riva Heseler es angelegt zu haben.

»Werden denn viele Pressevertreter kommen?«, fragte sie.

»Ich denke nicht, dafür war die Vorlaufzeit zu

knapp bemessen«, meinte Riva. Sie zuckte mit den Schultern, als interessiere sie dieses Thema nicht sonderlich.

Doch Sina hatte das Gefühl, diese Gleichgültigkeit sei nur gespielt.

Ich werde ja nachher sehen, wie es bei der Trauerfeier laufen wird.

»Frau Heseler, ich wollte mich mit Ihnen treffen, um ein wenig mehr Informationen über Ihren Bruder zu erhalten. Bei unserem letzten Gespräch hatten Sie mir ja schon von seiner ehemaligen Lebensgefährtin Dorothe Kneise erzählt.«

Riva verdrehte die Augen. »Die ist mittlerweile auch angereist. Scheint einen auf trauernde Witwe machen zu wollen.«

Sina blätterte in ihrem Notizbuch. »Sie sagten, Ihrer Meinung nach sei Frau Kneise nur hinter dem Geld Ihres Bruders her gewesen. Was veranlasste Sie zu dieser Einschätzung?«

»Die beiden waren noch keine zwei Wochen zusammen, da zog Dorothe bereits bei ihm ein. Von da an ließ sie sich komplett von Marin aushalten. Sie hat keinen Cent zum gemeinsamen Lebensunterhalt beigetragen. Wenig später verlor sie ihren Job. Sie behauptete, ihr sei aus betrieblichen Gründen gekündigt worden.«

Riva beugte sich vor, zwischen ihren Augen hatte sich eine steile Falte gebildet. »Das habe ich ihr nicht abgenommen, Marin, der verliebte Trottel, allerdings schon. Ich bin mir ganz sicher, dass sie gekündigt hat. Tja, kaum war der Job weg, saß sie nur noch zu Hause rum und hat sich die Nägel lackiert. Sie tat zwar regelmäßig so, als sei sie auf Arbeitssuche, aber komischerweise fand sie partout keinen neuen Job.«

Sina sah Riva aufmerksam an. »Sie denken, Frau Kneise hat gar nicht erst versucht, eine neue Anstellung zu finden.«

Riva spitzte die Lippen. »Sie haben es erfasst. Warum denn noch arbeiten, wenn man die Frau an der Seite eines erfolgreichen Mannes ist.«

»Und Marin hat das nicht gestört?«

Riva machte eine wegwerfende Geste. »Nein, der fand es sogar ganz toll, dass Dorothe immer für ihn da war. Sein kleines Hausweibchen.« Sie verzog den Mund zu einem höhnischen Grinsen. »Ich wette, jetzt hat sie ganz schnell wieder einen Job gefunden. Jetzt, wo sie ihn braucht, um ihren Lebensunterhalt zu bestreiten.«

Sina machte sich eine Notiz. Sie wollte Dorothe Kneise noch einmal auf dieses Thema ansprechen.

»Gut, soweit also zum Thema ehemalige Lebensgefährtin«, sagte sie. »Können Sie mir ein wenig mehr über Marins Leben in Berlin erzählen? Sie sagten gerade, Frau Kneise sei bei ihm eingezogen. Wo wohnte Ihr Bruder denn? Haus, Wohnung, Eigentum oder Miete?«

»Er hatte eine Eigentumswohnung in Friedrichshain. Zudem besaß er ein Haus in der Uckermark, wo er oft seinen Urlaub verbrachte.« Riva lächelte. »Wenn er denn einmal Urlaub machte, Marin war ein absoluter Workaholic.«

»Hatte er denn auch ein Büro oder hat er von zu Hause aus gearbeitet?«, wollte Sina wissen.

»Er hatte ein Arbeitszimmer in seiner Wohnung. Morgens kam Angela zu ihm und sie gingen alles durch, was anlag. Termine, Verträge, Veranstaltungen. Die meisten Arbeiten erledigte Angela allerdings bei sich daheim im Home Office. Angela war seine einzige festangestellte Mitarbeiterin, ansonsten arbeitete er nur mit Freelancern zusammen. Grafiker, Content Creator, Websitedesigner sowie Lektoren für seine Vorträge. Außerdem hatte er natürlich einen Anwalt und sein Buch erschien bei einem renommierten Großverlag, nicht im Eigenverlag.«

Sina kam mit ihren Notizen kaum noch hinterher. Sie notierte sich rasch, dass sie sich auch das Buch des Beziehungscoachs noch näher ansehen wollte. Bislang hatte sie sich auf seine Online-Inhalte konzentriert. Als sie den Stift absetzte, kam ihr eine ganz neue Idee.

»Hatte Herr Heseler je Probleme wegen Urheberrechten? Experten oder angebliche Experten, die Beziehungstipps geben, gibt es ja wie Sand am Meer. Hat je einer davon versucht, sich Inhalte anzueignen, die Ihr Bruder erstellt hatte? Oder umgekehrt: Hat vielleicht einmal jemand Marin beschuldigt, abgekupfert zu haben?«

Riva wirkte entrüstet, als sie so heftig den Kopf schüttelte, dass ihre sorgfältig gesträhnten Haare nur so flogen. »Nein, keinesfalls. Marins Programme und Strategien waren alle einzigartig. Wenn ein anderer Coach versucht hätte, Marins geistiges Eigentum zu stehlen, hätte er sofort seinen Anwalt eingeschaltet.«

Sina nickte. »So viel also zu Marins beruflichem Umfeld. Wie sah es mit privaten Beziehungen aus? Freundschaften, andere Familienmitglieder, zu denen er eine enge Bindung hatte?«

»Er verstand sich sehr gut mit unserer Tante Amalia, doch die lebt in der Nähe von München, also haben wir sie nicht allzu oft gesehen. Was Freundschaften angeht, so hatte Marin wenige Freunde, aber die kannte er bereits seit Jahren. Seit seiner Jugend oder sogar seiner Kindheit.«

Nachdenklich sah Sina auf ihr Notizbuch. *Je mehr ich über Marin Heseler erfahre, desto mehr habe ich das Gefühl, dass er Tipps zu einem Thema gab, von dem er in der Praxis, also in seinem eigenen Leben, ziemlich wenig Ahnung hatte.*

Diesen Gedanken behielt sie für sich, denn wenn sie eines aus den Gesprächen mit Riva Heseler gelernt hatte, dann war es, dass sie sich in jeder Lebenslage als Beschützerin ihres kleinen Bruders gebärdete.

Und ich habe keine Lust, mich wegen so etwas mit Riva Heseler anzulegen. Vor allem, weil es wahrscheinlich nichts zur Lösung dieses Falles beitragen würde.

Sie hob den Blick von ihren Notizen und lächelte ihr Gegenüber an. »Eine letzte Frage habe ich noch. Ihr Bruder hinterlässt doch sicher ein beträchtliches Vermögen. Allein seine Immobilien werden einiges wert sein. Sie sagten mir bereits vorgestern, Sie seien die Alleinerbin?«

Riva Heseler lächelte zurück und legte eine Hand auf die Brust. »Ja, das bin ich. Das sagte er mir bereits vor einigen Jahren.«

***

Zwei Kamerateams, von denen eines gerade damit beschäftigt war, die hübsche Backsteinfassade der St. Bonifatius-Kirche abzufilmen, und eine Handvoll Personen mit Kameras, Notizblöcken und Handys hatten sich vor der Kirche versammelt, in der die Trauerfeier für den ermordeten Beziehungscoach stattfinden sollte.

Sina war sich nicht sicher, wie viele dieser Personen tatsächlich Presseleute waren und wie viele neugierige Sylter oder Touristen.

So oder so ist es nicht gerade der große Medienrummel, den ich befürchtet habe und den sich Riva Heseler wahrscheinlich gewünscht hat.

Gemeinsam mit Sven betrat Sina die kleine Kirche am Ortsrand von List. Die Bänke im Inneren waren bereits gut gefüllt. Sina sah, dass Riva Heseler und Angela Koch ganz vorne saßen. In der Reihe dahinter erspähte sie Jessica Holzmann und in einer der letzten Reihen Dorothe Kneise.

»Lass uns gleich hier hinten in der letzten Reihe bleiben«, meinte Sina. »Wir sind ja nur zur Beobachtung hier, ich möchte nicht stören.«

»Wenn du mich fragst, ist das alles die reine Selbstinszenierung von Riva Heseler«, sagte Sven leise, als sie saßen.

»Da bin ich ganz deiner Meinung«, flüsterte Sina zurück. »Ich bin schon gespannt, was sie in ihrer Trauerrede alles erzählen wird.«

Sie richtete ihren Blick nach vorne. Neben dem Altar war ein vergrößertes Portraitfoto von Marin Heseler aufgestellt worden. Der Coach lachte darauf in die Kamera, als plage ihn nicht die kleinste Sorge auf der ganzen weiten Welt. Vor und neben dem Foto befanden sich üppige Gestecke mit weißen Blumen.

Da hat Riva wirklich keine Kosten und Mühen gescheut, dachte Sina.

Als Riva Heseler aufstand und sich neben das Foto ihres toten Bruders stellte, bemerkte Sina, dass sie sich seit dem gemeinsamen Gespräch umgezogen hatte.

Riva trug nun ein elegant geschnittenes Ensemble

in tiefstem Schwarz. Der Rock reichte züchtig bis weit über die Knie, die Bluse war hochgeschlossen.

Fehlt eigentlich nur noch das schwarze Hütchen mit Schleier vor dem Gesicht.

»Liebe Trauergemeinde, liebe Freunde und Freundinnen«, begann Riva Heseler. In den Händen hielt sie eine aufgeschlagene schwarze Mappe, die wohl ihr Redemanuskript enthielt.

Rivas Stimme bebte ein wenig, als sie fortfuhr. »Wir sind heute hier zusammengekommen, um Abschied zu nehmen von einem außergewöhnlichen Menschen. Marin Heseler war nicht nur mein über alles geliebter Bruder, sondern auch ein Coach, ein Mentor und ein Freund für viele von uns. Er hat zahlreichen Frauen geholfen, ihr Leben in die eigene Hand zu nehmen, liebevolle Beziehungen aufzubauen und zu führen und vor allem auch sich selbst zu lieben. Er hat Liebe und Glück in die Welt gebracht. Ich bin stolz, seine Schwester gewesen zu sein.«

Riva machte eine kurze Pause und fuhr sich mit einer Hand über die Augen. Sina saß zu weit entfernt, um sehen zu können, ob Riva wirklich Tränen in den Augen hatte, oder ob diese Geste pure Effekthascherei war.

»Marin war ein großartiger Mensch, der die Fähigkeit hatte, das Beste in jedem von uns zu sehen. Er hat uns gelehrt, dass wir selbst unser Schicksal gestalten und unser Leben in die Hand nehmen können. Und das ist genau das, was ich nun vorhabe.«

Sina runzelte die Stirn. *Was kommt denn jetzt?*

»In all den Jahren, die Marin so überaus erfolgreich als Coach tätig war, habe ich mit großem Interesse und viel Anteilnahme seine Arbeit verfolgt. Darum habe ich mich entschlossen, diese Arbeit fortzusetzen. Ich will diejenigen unterstützen, die Hilfe dabei brauchen, Liebe zu finden und sich selbst zu lieben und zu akzeptieren. Ich fühle, dass es meine Lebensaufgabe ist, Marins Vermächtnis zu ehren, indem ich seine Arbeit fortführe.«

Sina tauschte einen Blick mit Sven. Seinem Gesichtsausdruck nach schien er Ähnliches zu denken wie sie.

Denkt Riva allen Ernstes, den Spruch mit der Lebensaufgabe nimmt ihr jemand ab?

Auch in den Reihen der Trauergemeinde war leise Unruhe aufgekommen, Köpfe wurden zusammengesteckt und es wurde getuschelt.

Plötzlich erhob sich jemand in der Bankreihe vor Sina und Sven. Dorothe Kneise. »Du bist so eine Heuchlerin«, rief sie.

Alle drehten sich zu Dorothe um, sie schien jedoch überhaupt nicht zu bemerken, dass sie im Zentrum der allgemeinen Aufmerksamkeit stand. Mit geballten Fäusten stand sie da. »Erzählst hier etwas von Lebensaufgabe, Vermächtnis und Unterstützung. Dabei interessiert dich doch nur eines: Geld!«

Ein entsetztes Raunen ging durch die Anwesenden. Sina sah, wie sich Angela Koch eine Hand vor den Mund schlug.

»Du willst Marins Tod ausnutzen, um so viel Kohle wie möglich abzuzocken. Darum auch diese Trauerfeier. Morgen wird darüber berichtet, dann gehen die Buch- und Kursverkäufe nach oben. Das ist es doch, was du willst, oder? Nur das!«

Sina stand auf und beugte sich vor. Sie legte Dorothe eine Hand auf den Arm. »Beruhigen Sie sich, bitte.«

Dorothe fuhr herum. Ihr Gesicht war vor Wut und

Schmerz zu einer Fratze verzerrt. Erst schien sie Sina gar nicht richtig wahrzunehmen, dann schossen ihr Tränen in die Augen und sie schluchzte auf.

»Aber es ist doch wahr«, krächzte sie.

Kraftlos ließ sie sich wieder auf die Bank fallen und verbarg das Gesicht in den Händen.

Sina überlegte noch kurz, ob sie Dorothe nach draußen begleiten sollte, setzte sich dann aber auch wieder hin.

Aus dem Augenwinkel sah sie, wie jemand den Mittelgang entlangrannte. Sie blickte hoch und konnte gerade noch sehen, wie Angela Koch auf den Ausgang zustürmte. Wenige Augenblicke später fiel die schwere Kirchentür hinter ihr ins Schloss.

Sina wollte bereits wieder aufstehen, um sich um Angela zu kümmern, als sie bemerkte, dass Jessica Holzmann schon auf dem Weg nach draußen war.

Gut, dann soll die Angela beruhigen. Ist wahrscheinlich sowieso besser.

Riva räusperte sich übertrieben laut, um die Aufmerksamkeit wieder auf sich zu lenken. »Lasset uns nun eine Minute des Schweigens einlegen, um das Gedächtnis an Marin zu ehren.«

Sie faltete die Hände und senkte den Kopf.

Die meisten Anwesenden taten es ihr nach. Sina und Sven lehnten sich in ihrer Bank zurück. Als die Minute vorüber war, stand Sina auf und klopfte Sven auf die Schulter. »Komm, wir haben genug gesehen.«

»Mehr als genug«, murmelte Sven und folgte ihr nach draußen.

***

Jess saß neben Angela auf einer Parkbank, die ein

wenig versteckt unter einem Baum auf dem kleinen Friedhof hinter der Kirche stand. Unter ihren Füßen lag rot-orange gefärbtes Laub, das im Luftzug einer kühlen Brise raschelte.

Jess knöpfte ihre Jacke zu, dann legte sie einen Arm um die zitternde Angela. Dorothes heftige Reaktion auf Rivas Ankündigung hatte sie offensichtlich tief aufgewühlt. Auch Jess hatten die Anschuldigungen, die Marin Heselers Ex-Freundin vorgebracht hatte, im ersten Moment erschreckt.

Aber wahrscheinlich hat Dorothe den Nagel auf den Kopf getroffen. Rivas salbungsvolle Worte waren womöglich wohlkalkuliert und einstudiert.

»Was meinst du?«, fragte sie Angela. »Ist Riva wirklich so eiskalt? Geht es ihr tatsächlich nur um Marins Geld?«

»Ich weiß es nicht«, schniefte Angela leise. »Sie ist schon sehr geschäftsorientiert, das stimmt.«

»Wie läuft denn die Zusammenarbeit mit ihr bisher?«, wollte Jess wissen.

Angela wischte sich mit dem Ärmel über die Augen. »Eigentlich ganz gut.«

Jess kramte eine Packung Papiertaschentücher aus einer Jackentasche und reichte sie Angela.

Dankbar sah die jüngere Frau sie an. Sie nahm eines der Taschentücher, trocknete sich die Augen und putzte sich die Nase.

»Geht es dir ein wenig besser?«, fragte Jess.

Angela nickte. »Ja. Aber ich kann immer noch nicht fassen, dass Marin tot ist. Sein Foto da drin in der Kirche, dazu die Blumen. Ich kam mir vor wie in einem besonders schlimmen Alptraum.«

Jess drückte Angelas Schulter. »Er ist gerade mal ein paar Tage tot. Du brauchst noch Zeit, um alles zu verarbeiten.«

Angela nickte. »Hoffentlich stimmt der Spruch, dass Zeit alle Wunden heilt.«

Darauf sagte Jess nichts. Sie wusste nur zu gut, dass tiefer Schmerz zwar mit der Zeit nachließ, dass es aber Wunden gab, die nie ganz verheilten.

»Ich hoffe, die Polizei findet den Täter bald«, sagte Jess. »Das würde uns sicher allen helfen, mit Marins Tod besser umzugehen, das Geschehene verarbeiten zu können.«

Angela nahm sich ein zweites Taschentuch. »Weißt du, ob sie schon Anhaltspunkte haben?«

Jess zuckte mit den Schultern. »Ich glaube nicht.« Sie nickte in Richtung der Kirche. »Die beiden Oberermittler sind ja sogar zur Trauerfeier gekommen. Wahrscheinlich wollten sie sehen, ob sich jemand verdächtig benimmt.«

Erschrocken sah Angela Jess an. »Meinst du, sie denken jetzt, dass Doro ...?«

Jess winkte ab. »Das würde ich nicht als verdächtiges Verhalten einstufen. Sie hat Riva laut und deutlich ihre Meinung gesagt. Wie ist denn das Verhältnis zwischen den beiden? Die scheinen sich nicht gerade zu mögen.«

Angela verzog das Gesicht. »Ich hatte immer das Gefühl, Doro wäre gerne mit Riva befreundet gewesen. Aber Riva konnte Doro einfach nicht ausstehen. Sie hat sogar einmal zu mir gesagt, dass sie denkt, Doro wäre nur mit Marin zusammen, weil er viel Geld hat und in der Öffentlichkeit steht.«

Jess runzelte die Stirn. »Schwerwiegende Anschuldigungen. Und heute hat Doro Riva vorgeworfen, dass es ihr nur um Marins Geld geht.«

Angela nickte nur, sagte jedoch nichts. Eine Weile

saßen die beiden Frauen schweigend nebeneinander.

Jess fröstelte und wollte gerade vorschlagen, wieder in die Kirche zu gehen, als Angela weitersprach. »Es gibt da etwas, Jess. Etwas Seltsames.«

»Was meinst du?«

»Letzten Samstag, am Abend, da habe ich etwas beobachtet. Etwas, das ich nicht richtig einordnen kann.«

Jess sah Angela fragend an. »Was war das denn?«

Angela zögerte, schien mit sich zu ringen, ob sie noch mehr sagen sollte. »Ich ... vielleicht sollte ich nicht darüber sprechen.«

»War es etwas, das vielleicht mit Marins Tod zusammenhängt?« Jess stockte der Atem. Könnte Angela möglicherweise etwas zur Aufklärung des Mordes beitragen?

Angela zerknüllte die beiden benutzten Taschentücher in ihren Händen. »Ich weiß es eben nicht.«

Jess legte Angela beide Hände auf die Schultern und sah sie intensiv an. »Angela, wenn du es mir nicht sagen willst, ist das vollkommen in Ordnung. Aber du musst es der Polizei erzählen. Die werden einschätzen können, ob deine Beobachtung wichtig ist oder nicht.«

Angela ließ den Kopf hängen. Jess schüttelte sie leicht. »Versprichst du mir das? Rede am besten gleich jetzt mit dieser Sina Marten. Sobald die Trauerfeier vorbei ist.«

Angela kniff die Augen zusammen, dann schüttelte sie den Kopf. »Nein, ich bin mir sicher, es war nichts.«

Jess unterdrückte ein Seufzen. »Hör zu, Angela. Ich bringe dich jetzt zurück ins Hotel, du legst dich hin und entspannst dich. Dann reden wir noch einmal, in Ordnung?«

Angela nickte und stand auf. »Lass mir bitte noch Zeit bis morgen. Ich will noch eine Nacht darüber schlafen.«

Jess sah sie prüfend an. »Gut, morgen also«, sagte sie schließlich.

***

Die untergehende Herbstsonne schien durch das Fenster und tauchte Sinas Schreibtisch in warmes Licht. Sven saß neben Sina und gemeinsam gingen sie die Unterlagen durch, die vor ihnen lagen.

»Wir müssen versuchen, eine möglichst detaillierte Aufstellung zu machen, wo sich alle beteiligten Personen am Samstagabend aufgehalten haben«, sagte Sina.

»Mit beteiligte Personen meinst du alle Seminarteilnehmerinnen und Angela Koch?«, fragte Sven nach.

»Außerdem Dorothe Kneise und Riva Heseler.« Sina hob eine Hand. »Wer sagt denn, dass Riva wirklich erst am Tag nach dem Bekanntwerden des Todes ihres Bruders hier auf Sylt eintraf? Sie ist diejenige, die den größten Vorteil von seinem Tod hat. Sie hat mir klipp und klar gesagt, sie sei Marins Alleinerbin.«

»Das Erbe wäre natürlich ein Motiv«, meinte Sven. »Außerdem sollten wir auch Marin selbst in unsere Liste aufnehmen. Wir wissen nicht mit letzter Sicherheit, ob er den Abend ausschließlich in seiner Suite verbrachte.«

Nachdenklich sah Sina ihren Kollegen an. »Wir haben noch nicht alle Hotelangestellten eingehend befragt. Das müssen wir morgen nachholen.«

Sven blätterte durch einen Stapel Ausdrucke. »Wir fangen gleich damit an, alle Vernehmungsprotokolle noch einmal durchzugehen. Dabei legen wir eine Tabelle an, in die wir alles chronologisch eintragen.«

»Wir müssen auch markieren, ob es für die jeweilige Aussage Zeugen gibt oder ob wir nur das Wort der Betreffenden haben.« Sina hielt inne. »Wir hatten es bisher nur mit Frauen zu tun. Die Assistentin, die Schwester, die Ex-Freundin, die Seminarteilnehmerinnen.«

»Das ist wohl so, wenn das Opfer ein Beziehungscoach ist, der sich auf Tipps für Frauen spezialisiert hatte«, brummte Sven.

»Stimmt auch wieder«, meinte Sina. Sie griff ebenfalls nach einem Befragungsprotokoll und machte sich an die Arbeit.

Eine Weile arbeiteten sie schweigend. Sina erstellte ein Excel-Sheet, das alle Namen sowie Zeilen für die Uhrzeiten von achtzehn bis zwei Uhr enthielt. Nach und nach trugen sie alle Informationen ein, die sie aus den Aussagen entnehmen konnten, die ihnen bereits vorlagen.

Als sie fertig waren, scrollte Sina durch die Datei. »Zu viele Lücken für meinen Geschmack.«

Sven nickte. »Mir fiel gerade ein, wir sollten uns auch noch einmal die Daten von Heselers Laptop und Handy vornehmen. Er hatte doch zig Fotos gespeichert. Die sind alle mit Datum und Uhrzeit versehen, vielleicht finden wir da noch Infos, die für uns wichtig sind.«

Sina nickte ihrem Kollegen anerkennend zu. »Gute Idee.«

***

Sina schwirrte immer noch der Kopf, als sie zu Hause ankam. Gemeinsam mit Sven hatte sie Dutzende Fotos durchgesehen, überwiegend Selfies, die Marin Heseler am Samstagabend aufgenommen hatte.

Wenigstens wissen wir jetzt, dass er sich wirklich zumindest einen Großteil des Abends allein in seiner Suite aufgehalten hat.

Sina zog Jacke und Stiefel aus, hängte wie immer ihre Handtasche an die Garderobe und machte sich auf die Suche nach Jan. Sie fand ihn in der Küche, wo er gerade eine Auflaufform in den Ofen schob.

Mit einem Kuss begrüßten sie sich, dann beugte Sina sich vor und spähte durch die Glastür des Backofens. »Was gibt es denn?«

»Kartoffelauflauf. Nichts Besonderes, hab ich fertig gekauft. War heute zu faul zum Kochen.«

Sina umarmte ihren Freund. »Ich habe einen Riesenhunger, ich bin froh, dass du dich überhaupt ums Abendessen kümmerst. Das muss wirklich nicht jeden Abend selbst gekocht sein. Ohne dich wäre ich aufgeschmissen.«

Er grinste sie an. »Du wärst dürr wie ein Strichmännchen.«

Sina sah ihn in gespieltem Entsetzen an. »Oder dick wie das Michelin-Männchen, weil ich mich nur von Schokoriegeln ernähren würde.«

»Schokoriegel, die du in den kurzen Pausen zwischen zwei Verhören in dich hineinstopfst.«

»Und mit Dutzenden Tassen schwarzen Kaffees hinunterspüle.«

Jan verzog das Gesicht. »Magengeschwür vorprogrammiert.«

Lachend ließ Sina von ihm ab und wandte sich zur Tür. »Wie lange dauert es, bis der Auflauf fertig ist?

Hab ich noch Zeit, mir schnell was Bequemeres anzuziehen?«

»Ja, eine halbe Stunde.«

Als Sina zwanzig Minuten später frischgeduscht und in einer weiten Stoffhose und einem übergroßen Pullover zurück in die Küche kam, entkorkte Jan gerade eine Flasche Wein.

»Für mich bitte nur ein halbes Glas«, sagte Sina und setzte sich an den Küchentisch.

Jan schenkte zwei Gläser ein und reichte Sina eines davon. »Labrador oder Golden Retriever?«, fragte er unvermittelt.

Verständnislos sah Sina ihn an. »Wie bitte?«

Jan setzte sich ihr gegenüber und nippte an seinem Wein. »Es wird langsam Zeit, dass wir die Hundefrage klären. Ich weiß, du bist gerade extrem im Stress wegen der Mordermittlung, aber wir sollten uns wenigstens auf die Rasse einigen.«

Er sah sie mit hochgezogenen Augenbrauen an. »Darüber, dass wir uns einen Hund anschaffen wollen, sind wir uns doch schon einig, oder?«

Sina nahm einen Schluck Wein, um etwas Zeit zu gewinnen. Sie dachte an Anton zurück, den Golden Retriever von Jans Freund Felix, der einige Zeit bei ihnen zu Besuch gewesen war, als Felix im Urlaub weilte.

Zu Beginn hatte Sina den großen Hund mit Argwohn betrachtet, doch nach und nach war er ihr ans Herz gewachsen. So sehr, dass sie und Jan darüber geredet hatten, sich einen gemeinsamen Hund zuzulegen.

Er hat recht. Jetzt, wo wir zusammenwohnen, ist es wirklich höchste Zeit für unseren gemeinsamen Hund.

»Du schaust so nachdenklich«, meinte Jan.

»Ich überlege gerade: Wollen wir einen Welpen oder einen Hund aus dem Tierheim?«

»Ehrlich gesagt, hätte ich lieber einen Welpen«, sagte Jan. »Ich gehe auch mit ihm zur Hundeschule und kümmere mich darum, dass er gut erzogen wird. Mir ist klar, dass du nicht immer genug Zeit haben wirst, um dich zu kümmern.«

»Also müssen wir einen Züchter finden«, sagte Sina.

»Genau. Labrador oder Golden Retriever?«

Sina fuhr sich mit einer Hand durch die Haare. »Muss es denn so ein großer Hund sein? Geht's nicht ein bisschen kleiner?«

Jans Augen weiteten sich. »Erzähl mir jetzt aber bitte nicht, du willst einen Pekinesen. Oder so einen fiependen Yorkshire-Terrier.«

Sina lachte. »Nein, so klein nicht. Aber vielleicht ein Border Collie?«

Jan legte den Kopf ein wenig schräg. »Border Collie ... Das klingt gut. Wenn wir das nächste Mal mit dem Auto in einer Schafherde stecken bleiben, die es sich mitten auf der Straße gemütlich gemacht hat, kann unser Border Collie sich gleich nützlich machen.«

Lachend stand Sina auf und ging zum Backofen. »Jetzt lass uns erstmal essen. Die Einzelheiten besprechen wir später.«

Kapitel sechs

»Was hast du denn? Du bist so still heute früh.«

Jess sah von ihrem Frühstücksteller auf. Ihre Freundin Claudia sah sie besorgt an. »Du schiebst jetzt seit mindestens fünf Minuten dein Rührei hin und her, ohne auch nur einen Bissen zu essen. Schmeckt es dir nicht?«

Rasch schob Jess sich eine volle Gabel in den Mund. »Doch, doch, es ist ganz ausgezeichnet. Ich bin nur in Gedanken bei Angela.«

»Der Assistentin von diesem Heseler?« Moritz musterte Jess über den Rand seiner Kaffeetasse hinweg.

Natürlich hatte Jess ihren Freunden alle Einzelheiten über den Mord an dem Coach und die Ermittlungen erzählt, die ihr bekannt waren.

»Genau. Sie hat mir gestern etwas Merkwürdiges anvertraut und das geht mir nicht aus dem Kopf.« Jess hob die Schultern und nahm sich noch eine Scheibe Toast. »Aber wahrscheinlich ist es nichts.«

Sie lächelte Claudia und Moritz an. »Wollen wir heute Abend etwas zusammen unternehmen?«

Moritz sah auf seine Uhr und stand auf. »Gerne. Macht ihr was aus, ich muss los.« Mit einem Kuss verabschiedete er sich von Claudia.

»Cocktails in der Cohibar? Oder Abendessen in der Seekiste?«

Jess grinste ihre Freundin an. »Wieso nicht beides?«

Claudia sah ein wenig betreten zur Seite. »Beides wäre vielleicht ein wenig zu kostspielig.«

Sofort plagte Jess das schlechte Gewissen. Sie vergaß oft, dass ihre Freunde, die hier auf der Luxus-Insel Sylt lebten, nicht so gut verdienten wie sie selbst. »Wie wäre es, wenn die Cocktails auf mich gingen?«

Claudias Miene hellte sich auf. »Klingt gut.« Sie leerte ihre Kaffeetasse und machte sich daran, den Frühstückstisch abzuräumen.

»Warte, lass mich das machen.«

»Du bist unser Gast«, wehrte Claudia ab.

»Der Gast, der hier kostenlos übernachtet und frühstückt«, warf Jess ein. »Außerdem will ich mich wenigstens ein bisschen nützlich machen. Den Rest des Tages gedenke ich nämlich im Spa des Elysian Escape zu verbringen.«

Claudia ließ sich widerstandslos die Teller aus der Hand nehmen. »Dieser Argumentation kann ich mich nicht verschließen.«

Jess stellte das Geschirr auf der Spülmaschine ab und winkte ihrer Freundin zu. »Ab mit dir zur Arbeit. Wir sehen uns heute Abend.«

***

»Wir haben nichts«, stellte Sina fest. »Nicht den leisesten Anhaltspunkt. Wer ist die Person, die sich irgendwann am späten Samstagabend in Marin Heselers Hotelsuite begeben hat und ihn dort tötete?«

Sie saß an ihrem Schreibtisch, vor dem Computermonitor, auf dem die digitale Ermittlungsakte geöffnet war. Sven stand neben ihrem Schreibtisch, einen Notizblock in der Hand.

»Ich schlage Folgendes vor«, sagte Sven. »Wir befragen zunächst Riva Heseler. Sie soll uns sagen, wo sie sich am Samstagabend aufhielt. Dann reden wir noch einmal ausführlich mit der Mitarbeiterin des

Room Service, die Heseler das Abendessen brachte. Sobald das erledigt ist, sprechen wir mit dem Hoteldirektor und verschaffen uns einen Überblick über das Personal, das am Samstagabend Dienst hatte. Rezeptionsmitarbeiter, Barpersonal und was es sonst noch so für Jobs in einem Hotel gibt.«

Sina sah ihren Kollegen skeptisch an. »Meinst du nicht, wenn ein Mitarbeiter am Samstag etwas beobachtet hätte, dann hätte er oder sie uns das längst erzählt?«

Sven hob die Achseln. »Du wärst überrascht, wie viele Leute sich nicht trauen, die Polizei zu kontaktieren. Entweder aus Angst, was das für sie selbst für Folgen haben könnte, oder weil sie denken, das, was sie zu sagen haben, wäre nicht wichtig genug.«

Er hob seinen Notizblock hoch. »Außerdem könnte es gut sein, dass jemand etwas gesehen hat, dass ihm letzten Samstag gar nicht seltsam erschien.«

Sina blies die Backen auf. »Ich weiß, was du meinst. Und rein theoretisch könnte es sogar sein, dass jemand in der Hektik des Alltags mittlerweile ein kleines Detail, das ihm unwichtig erscheint, ganz vergessen hat. Eine Person, die sich auf einem Stockwerk aufhielt, wo sie gar nicht wohnte, eine kurze, beiläufige Bemerkung …«

»Genau so etwas meine ich«, sagte Sven. »Vielleicht hat ein Rezeptionsmitarbeiter gesehen, wie eine der Seminarteilnehmerinnen mit einer Flasche Wein unter dem Arm die Lobby betrat und hat sich nichts dabei gedacht.«

»Und das war dann die Flasche, aus der Marin Heseler ein Glas trank und mit der er später niedergeschlagen wurde«, sagte Sina. Sie beugte sich vor und schaltete ihren PC aus. »Du hast mich überzeugt.«

***

Riva Heseler deutete auf die Sitzecke in ihrem Hotelzimmer. »Bitte nehmen Sie Platz.«

Der Couchtisch war mit aufgeschlagenen Zeitungen übersät. Alle berichteten über den Mord an Marin Heseler und die Trauerfeier, die am Vortag stattgefunden hatte. Der Sylter Bote hat der Trauerfeier sogar die Titelseite gewidmet.

Klar, sonst ist hier auf der Insel im Moment nichts los.

Sina und Sven setzten sich in die beiden Sessel. Sina deutete auf die Zeitungen. »Ich sehe, Sie haben große Schlagzeilen gemacht.«

Riva ließ sich auf der Couch nieder und winkte ab. »Naja, es handelt sich nur um Regionalpresse. In die großen überregionalen Zeitungen habe ich es nicht geschafft.«

Sie runzelte die Stirn. »Heute kamen allerdings schon zwei Anfragen für Interviews. Ich musste mich leider selbst darum kümmern, da ich Angela nicht erreichen kann.«

Sie griff nach einem Handy, das unter den Zeitungen lag. Nach einem Blick aufs Display schüttelte sie den Kopf. »Sie hat immer noch nicht auf meine Nachrichten reagiert.«

»Frau Koch machte gestern Nachmittag einen ziemlich aufgelösten Eindruck«, sagte Sina.

»Ja, wahrscheinlich hat sie verschlafen«, meinte Riva. Sonderlich verständnisvoll klang sie nicht.

Eigentlich müsstest du diejenige sein, die vor Trauer nicht ein noch aus weiß, dachte Sina. *Schließ-*

lich war Marin dein Bruder.

»Bevor Sie Ihre Fragen stellen, habe ich noch ein Anliegen.« Riva strich sich über die sorgfältig frisierten Haare. »Sind Sie mit der Auswertung von Marins Laptop fertig? Ich bräuchte dringend einige Unterlagen, die darauf gespeichert sind. Marin arbeitete an einem neuen Buch und ich möchte mir einen Überblick verschaffen, wie weit er mit der Arbeit bereits gekommen ist. Ich möchte so schnell wie möglich einen Ghostwriter engagieren, der das Buch vollendet.«

So viel zum Thema das Werk des Bruders fortführen.

»Ich werde übrigens noch einige Tage auf Sylt bleiben und Marins Überführung nach Berlin von hier aus organisieren«, fuhr Riva fort.

Sina räusperte sich. »Laptop und Handy Ihres Bruders befinden sich in Flensburg. Ich werde veranlassen, dass die Geräte an Sie geschickt werden.«

»So schnell wie möglich, bitte«, sagte Riva.

Wenigstens hat sie bitte gesagt, dachte Sina, der Rivas herrische Art deutlich gegen den Strich ging.

»Selbstverständlich«, murmelte sie und machte sich eine Notiz. Dann schlug sie eine neue Seite in ihrem Notizbuch auf. »Frau Heseler, wir möchten von Ihnen wissen, wo genau Sie sich am vergangenen Samstagabend aufgehalten haben.«

Riva starrte Sina mit offenem Mund an. »Sie wollen ein Alibi von mir? Das darf doch nicht Ihr Ernst sein.«

»Wir möchten möglichst lückenlos nachvollziehen, wo sich sämtliche Beteiligten am Samstagabend aufhielten. Dazu gehören auch Sie«, sagte Sina, ohne sich aus der Ruhe bringen zu lassen.

Riva hob das Kinn und sah Sina herablassend an. »Von mir aus. Zum Glück muss ich gar nicht lange überlegen. Am Samstagabend war ich mit Freunden im Theater. Berliner Ensemble, Shakespeares Sommernachtstraum. Die Vorstellung war gegen halb elf beendet, anschließend waren wir noch in einer Cocktailbar.«

»Die Namen und Kontaktdaten Ihrer Freunde, bitte.« Sina sah Riva kühl an. Dass es bei Marin Heselers Schwester überaus wichtig war, ihr zu zeigen, wer hier das Sagen hatte, hatte Sina schnell begriffen.

Mit einem übertrieben melodramatischen Seufzen griff Riva erneut zu ihrem Smartphone. Sie wischte kurz über den Bildschirm, dann rasselte sie einen Namen und eine Telefonnummer herunter. In schneller Abfolge kamen zwei weitere Namen und Nummern.

Verbissen schrieb Sina so schnell sie nur konnte mit. Dann klappte sie ihr Notizbuch zu und stand auf. »Vielen Dank soweit. Wir werden das überprüfen.«

Mit Sven im Schlepptau verließ Sina das Hotelzimmer von Riva Heseler.

***

»Die Frau wird mir immer unsympathischer«, flüsterte Sven, als sie wieder auf dem Hotelflur standen.

»Mir geht's genauso«, meinte Sina. »Was stand als nächster Punkt auf unserer Liste?«

»Die Zimmerkellnerin befragen, die Marin Heseler am Samstag das Abendessen aufs Zimmer gebracht hat«, antwortete Sven.

»Hast du schon nachgefragt, ob die heute überhaupt Dienst hat?«, wollte Sina wissen.

Sven sah sie gespielt empört an. »Wofür hältst du mich? Ich habe gleich heute früh angerufen. Ja, Pauline Schuster arbeitet heute.«

Sina setzte sich in Richtung Aufzug in Bewegung. »Lass uns erst zu Brecht gehen. Vielleicht können wir Schuster in seinem Büro befragen oder er stellt uns wieder einen der Konferenzräume des Hotels zur Verfügung.«

***

Hoteldirektor Alwin Brecht hatte Sina und Sven erst eine Liste aller Hotelangestellten gegeben, die am vergangenen Samstagabend Dienst hatten. Dann hatte er Pauline Schuster rufen lassen und sein Büro verlassen, damit Sina und Sven die Mitarbeiterin in Ruhe befragen konnten.

Pauline Schuster wirkte nervös und erklärte, kaum dass sie sich gesetzt hatte, noch nie mit der Polizei zu tun gehabt zu haben.

»Wir haben nur ein paar Fragen«, sagte Sina und lächelte der jungen Frau aufmunternd zu.

Trotzdem saß Pauline stockstarr auf ihrem Stuhl, die Hände im Schoß gefaltet. Die mittelblonden Haare trug sie aus dem Gesicht gekämmt und zu einem Pferdeschwanz gebunden. Die dunkelblaue Kellneruniform saß perfekt und betonte ihre schlanke Figur.

»Sie haben am vergangenen Samstagabend eine Bestellung in die Suite von Marin Heseler gebracht«, begann Sina.

Pauline nickte eifrig. »Ja, daran kann ich mich noch genau erinnern. Ich war entsetzt, als ich am nächsten Tag hörte, dass der Gast tot aufgefunden worden ist. Er hat mir zehn Euro Trinkgeld gegeben.«

Sie hielt inne und wurde rot. »Das klang jetzt komisch. Als wäre ich nur entsetzt gewesen, weil er mir Trinkgeld gegeben hat. So meinte ich das nicht.«

»Schon gut.« Sina lächelte erneut. »Können Sie sich noch an die Uhrzeit erinnern, zu der Sie Herrn Heseler das Abendessen brachten?«

Pauline legte den Kopf ein wenig schräg. »Es war so gegen zwanzig Uhr. Das ist bei uns schon relativ spät. Die meisten Gäste, die sich etwas aufs Zimmer bestellen, tun das früher. Neunzehn Uhr ist die typische Abendessenszeit hier.«

Sina sah in ihren Unterlagen nach. Sie wollte sich die Kopie der Bestellung noch einmal ansehen, um ihr Gedächtnis aufzufrischen.

Marin Heseler hatte am Samstagabend exakt um neunzehn Uhr zweiunddreißig eine telefonische Bestellung beim Room Service aufgegeben. Diese war vom zuständigen Mitarbeiter in das Computersystem eingegeben und an die Hotelküche weitergeleitet worden.

Sina las, dass Heseler gegrillte Hühnchenbrust mit Gemüse und einen gemischten Salat sowie eine Flasche Mineralwasser bestellt hatte. Das Ganze zum stolzen Preis von insgesamt einundvierzig Euro.

Acht Euro für eine Flasche Wasser, da trinke ich doch lieber Leitungswasser.

Sie legte den Beleg beiseite und wandte sich wieder Pauline Schuster zu. »Haben Sie die Bestellung in die Suite gebracht oder hat Herr Heseler Ihnen das Tablett an der Tür abgenommen?«

»Ich hatte einen kleinen Rollwagen, auf dem alles stand. Den habe ich in die Suite gefahren und neben dem Esstisch abgestellt. Eigentlich hätte ich noch den

Tisch gedeckt, aber da meinte der Gast, das sei nicht nötig, das würde er selbst erledigen. Er drückte mir den Zehn-Euroschein in die Hand, ich bedankte mich und ging.«

Sina nickte. »Sie befanden sich also nur wenige Minuten in der Suite?«

»Wenn überhaupt«, meinte Pauline.

»Haben Sie noch eine andere Person in der Suite gesehen?«

Pauline riss entsetzt die Augen auf. »Sie meinen, der Mörder könnte schon dort gewesen sein?« Sie legte sich eine Hand auf die Brust, als könne sie sich so selbst beruhigen. »Nein, ich habe niemanden gesehen.«

»Denken Sie noch einmal ganz genau an diesen Abend zurück«, bat Sina. »Gab es irgendwelche Anzeichen, dass sich außer Marin Heseler noch jemand dort befand? Standen zum Beispiel zwei Gläser auf dem Tisch, lag irgendwo eine Jacke? Irgendetwas in dieser Art.«

Pauline runzelte die Stirn, schien angestrengt nachzudenken. »Nein, da war nichts.«

»Als Sie die Suite wieder verließen, sind Sie da jemandem begegnet?«

Paulines Mund formte ein kreisrundes O. »Das hatte ich ja ganz vergessen«, rief sie.

Sina sah die Zimmerkellnerin aufmerksam an.

»Da war eine Frau. Die kam mir entgegen, als ich den Hotelflur entlang zu den Aufzügen ging.« Pauline senkte den Kopf.

»Kannten Sie die Frau? War es ein Gast?«

Pauline kaute kurz auf ihrer Unterlippe, bevor sie antwortete. »Ich hatte sie noch nie gesehen, aber ich ging davon aus, dass sie Gast im Hotel war. Sie hatte keine Jacke oder Mantel an, trug einen grünen Einteiler und Schuhe mit hohem Absatz. Sie ging auch sehr zielstrebig den Gang entlang, so als wisse sie ganz genau, wo sie hinwollte.«

Zu ihrer eigenen Suite oder war diese Frau auf dem Weg zu Heseler?

Sina klopfte nachdenklich mit dem Kugelschreiber auf ihr Notizbuch. »Können Sie sich sonst noch an etwas erinnern, was diese Frau angeht? Hatte sie eine Handtasche? Hielt sie eine Schlüsselkarte in der Hand?«

Pauline schloss die Augen. »Nein, sie hatte nichts dabei. Ich weiß noch, dass sie ziemlich stark geschminkt war. Schwarz umrandete Augen, dunkler Lippenstift. Außerdem hatte sie sehr lange Haare, die sie offen trug.«

»Haarfarbe?«, fragte Sina.

»Dunkelbraun. Ich erinnere mich noch ganz genau, dass die Haare mit dem Grün ihres Hosenanzugs kontrastierten.« Pauline hob eine Hand. »Sie war ziemlich hübsch. Schlank. Und ihr Anzug sah teuer aus.«

Nun war es Sina, die die Stirn runzelte. »Sie sagten gerade Anzug, aber vorhin haben Sie von einem grünen Einteiler gesprochen.«

»Naja, so ein Overall oder wie man das nennt. Auf den ersten Blick denkt man, Oberteil und Hose seien einfach nur aus demselben Stoff, aber es ist ein Einteiler.«

»Ein Jumpsuit«, sagte Sina leise.

»Genau. Das ist das Wort, das mir nicht einfiel. Ein Jumpsuit.«

»Vielen Dank, Frau Schuster. Sie haben uns sehr geholfen.«

Von Nervosität war keine Spur mehr, als Pauline Sina anstrahlte. »Habe ich das wirklich?«

Sina nickte. »Es kann sein, dass wir noch einmal mit Ihnen sprechen müssen und Ihnen einige Fotos vorlegen.«

Immer noch lächelnd nickte Pauline. »Jederzeit gerne. Ich bin mir ziemlich sicher, dass ich die Frau auf einem Foto erkennen könnte.«

***

»Anne oder von mir aus auch Chloe Weber«, sagte Sina zu Sven, sobald Pauline Schuster das Büro verlassen hatte.

»Grüner Jumpsuit, dunkle Haare, stark geschminkt, genau wie am Sonntag, als ich sie befragte.«

»Das heißt also, Chloe Weber hielt sich am Samstagabend gegen zwanzig Uhr in unmittelbarer Nähe von Marin Heselers Suite auf«, sagte Sven nachdenklich. »Ich gehe davon aus, dass sie diese Tatsache in ihrer Befragung nicht erwähnt hat?«

»Allerdings nicht.« Sina blätterte in ihrem Notizbuch. »Sie hatte natürlich auch keine Suite. Ich kann mich noch genau erinnern, dass sie mir erzählte, sie habe ein Jahr auf dieses Seminar gespart. Ah ja, hier. Sie hatte ein Zimmer im zweiten Stock.«

»Dann müssen wir sie also fragen, was sie im neunten Stock wollte.« Sven deutete auf die Liste der Hotelmitarbeiter. »Die können warten, Weber ist jetzt wichtiger.«

Sina hob eine Hand. »Moment, Chloe ist bereits abgereist. Die können wir leider nicht mehr persönlich befragen.«

»Wo wohnt sie denn?«, wollte Sven wissen.

»Nürnberg«, antwortete Sina nach einem weiteren Blick in ihr Notizbuch. »Nicht gerade der nächste Weg.«

»Wie wollen wir vorgehen? Telefonische Befragung oder soll ich die Kollegen in Nürnberg kontaktieren?«

Sina machte eine abwehrende Geste. »Warte noch einen Moment.« Sie überflog eine Seite in ihrem Notizbuch, dann nickte sie. »Weber war nicht bei der Gruppe von Teilnehmerinnen dabei, die bei Da Giovanni essen waren. Sie hat ausgesagt, sie sei nach dem Seminar müde gewesen und habe den Abend auf ihrem Zimmer verbracht.«

»Also hat sie kein Alibi«, stellte Sven fest.

Sina nickte. »Nein, hat sie nicht«, bestätigte sie.

Ist Anne Weber, die lieber Chloe heißen würde, die Mörderin von Marin Heseler?

***

Sina und Sven saßen immer noch im Büro des Hoteldirektors, um ihr weiteres Vorgehen zu besprechen, als es an der Tür klopfte.

Alwin Brecht steckte den Kopf durch die Tür und sah sie entschuldigend an. »Ich hoffe, ich störe nicht, aber Frau Heseler sucht Sie ganz dringend. Es geht um ihre Assistentin.«

»Hat sie Ihnen gesagt, worum es genau geht?« Sina hatte nicht vor zu springen, nur weil Riva Heseler dies verlangte.

»Sie macht sich Sorgen, weil sie Frau Koch nicht erreichen kann. Sie geht nicht ans Telefon und öffnet auch nicht. Aber das Bitte nicht stören-Schild hängt an der Klinke, sie müsste also im Zimmer sein.«

Sina sah auf die Uhr. Es war bereits später Vormittag, also eher unwahrscheinlich, dass Angela Koch noch schlief.

»Gut, wir sehen uns das einmal an.«

Sina und Sven fuhren direkt in den achten Stock, ohne vorher mit Riva Heseler zu sprechen. Wie Brecht ihnen bereits gesagt hatte, hing das rote Schild mit der Aufschrift *Bitte nicht stören* an der Klinke von Zimmer 807.

Sina klopfte drei Mal kräftig an die Tür, dann beugte sie sich vor und lauschte.

»Ich glaube nicht, dass du da was hören kannst«, meinte Sven. »Die Schalldämmung in diesem Hotel ist ausgezeichnet.«

Nachdenklich betrachtete Sina das Schild. »Mir gefällt das nicht. Riva Heseler hat vorhin schon gesagt, dass sie Angela nicht erreichen kann.«

»Und sich beschwert, dass sie ihre Arbeit machen muss«, sagte Sven. Auch er klang nachdenklich.

»Angela hat mir den Eindruck gemacht, als würde sie ihre Arbeit sehr ernst nehmen«, sagte Sina. »Ich glaube nicht, dass sich das geändert hat, nur weil sie jetzt nicht mehr für Marin, sondern für Riva arbeitet.«

Erneut klopfte sie an die Tür, heftiger dieses Mal. »Angela? Sina Marten hier, machen Sie bitte die Tür auf.«

Angespannt wartete Sina. Doch es gab erneut keine Reaktion. Die Tür von Zimmer 807 blieb geschlossen.

Stattdessen öffnete sich die Tür des Nachbarzimmers und eine Frau lugte heraus. »Was ist denn los?«

Sina wollte schon mit einem barschen *nichts* antworten, als sie die Frau erkannte. Es war Katja Bertram, die unzufriedene Klientin.

Sina deutete auf das Bitte nicht stören-Schild. »Ist Ihnen zufällig aufgefallen, seit wann dieses Schild hier schon hängt?«

»Ich bin um halb acht zum Frühstück ins Restaurant gegangen, da hing es auf jeden Fall schon da«, meinte Bertram. »Ich kann mich so genau erinnern, weil es das einzige Schild auf dem Weg zum Lift war. Alle anderen auf diesem Gang scheinen Frühaufsteher zu sein.«

»Vielen Dank.« Sina wandte sich abrupt von Angela Kochs Zimmernachbarin ab. »Das gefällt mir nicht«, sagte sie leise zu Sven. »Geh bitte zu Brecht und lass dir einen Generalschlüssel geben.«

***

»Frau Koch? Angela?« Sina stand auf der Türschwelle zu Zimmer 807, das Alwin Brecht gerade für sie geöffnet hatte. Der Hoteldirektor hatte Sven nicht einfach nur eine Schlüsselkarte gegeben, sondern war selbst gekommen und stand nun abwartend hinter Sina.

»Angela, ist alles in Ordnung?«, rief Sina in das Zimmer, das im Dunkeln lag. Als erneut keinerlei Reaktion kam, drehte sie sich zu Brecht um. »Warten Sie hier. Mein Kollege und ich sehen uns im Zimmer um.«

»Angela? Wir kommen jetzt rein«, sagte sie laut und betrat das Zimmer. Alles blieb still.

Sina schluckte die in ihr aufsteigende Furcht hinunter und tastete nach dem Lichtschalter. *Sie wird einfach nicht im Zimmer sein. Sie ist ausgegangen und hat vergessen, das Schild abzunehmen.*

Dieser Versuch, sich selbst zu beruhigen, wurde jedoch sofort von einem anderen Gedanken verdrängt. *Aber wo ist sie dann und warum reagiert sie nicht auf Rivas Nachrichten?*

Sina machte einige Schritte ins Innere des Hotelzimmers und atmete auf, als das Queensize-Bett in Sicht kam. Es war eindeutig benutzt worden, die Kissen waren zerdrückt, die Bettdecke zurückgeschlagen. Doch niemand lag darin.

Mit einem raschen Blick erfasste Sina den Rest des Raumes. Die Vorhänge waren zugezogen, das Zimmer war aufgeräumt, nichts lag herum, nichts deutete darauf hin, dass irgendetwas nicht stimmte.

Sina drehte sich zu Sven um. Ihr Kollege hatte das Zimmer hinter ihr betreten und stand vor der geschlossenen Tür zum Badezimmer. Fragend sah er Sina an und deutete auf die Tür.

Sie nickte ihm zu.

Sven zog die Tür auf und blieb wie erstarrt stehen.

Statt das Licht im Bad einzuschalten, wandte er den Kopf zu Sina. Pures Entsetzen stand ihm ins Gesicht geschrieben.

Sinas Kehle wurde eng. »Was ist?«, fragte sie leise.

Sven atmete tief durch, beugte sich etwas vor und schaltete nun doch das Licht im Bad ein. Er legte eine Hand vor den Mund.

»Was ist? Ist etwas passiert?«, rief Alwin Brecht, der immer noch auf dem Hotelflur stand.

Mit zwei großen Schritten war Sina bei Sven und sah ihm über die Schulter.

»Oh, nein«, sagte sie tonlos.

Angela Kochs lebloser Körper hing über der Badewanne. Sina betrachtete das Bild, das sich ihr bot.

Sah das breite weiße Band, das um Angelas Hals lag und um die Halterung der Dusche geknotet war. Realisierte, dass es sich wohl um den Gürtel eines Bademantels handelte. Bemerkte im selben Moment, dass ein weißer flauschiger Bademantel auf dem Fußboden lag.

»Sie hat sich mit dem Gürtel des Hotelbademantels erhängt«, sagte Sven leise. So leise, dass Brecht ihn nicht hören konnte.

Sinas Blick wanderte durch den kleinen Raum, blieb an etwas hängen, das auf dem Waschtisch lag.

Sie machte einen Schritt ins Bad und beugte sich etwas vor.

Neben Döschen und Tuben mit Cremes und Make-up lag ein liniertes Blatt, das aussah, als sei es aus einem Notizbuch herausgerissen worden. Darauf standen zwei Sätze in einer zittrigen Handschrift.

Ich kann nicht mehr. Ohne Marin hat mein Leben keinen Sinn mehr.

»Ein Abschiedsbrief«, flüsterte Sina.

Ihr Herz krampfte sich bei dem Anblick von Angelas verzweifelten letzten Worten zusammen. Lange starrte sie auf den Brief. Schließlich zwang sie sich, den Blick zu lösen und zu Angelas sterblicher Hülle hinüberzusehen.

Das hätten wir verhindern müssen.

***

Sina saß neben Sven im Büro des Hoteldirektors und nippte an einem starken schwarzen Kaffee. Angela Kochs Selbstmord ging ihr an die Nieren, doch sie wollte sich Sven und Brecht gegenüber nichts anmerken lassen.

Sie hatten die Zimmertür verschlossen und Sina hatte einen uniformierten Kollegen angerufen, der nun vor der Tür postiert war. Auch ein Arzt war kontaktiert worden, der den Totenschein ausstellen sollte.

Hoffentlich kommt der bald, dachte Sina und trank ihren Kaffee aus. *Ich hasse es, hier so tatenlos herumzusitzen.*

Auf ihrem Smartphone sah sie sich das Foto an, das sie von Angelas Abschiedsbrief gemacht hatte. In Gedanken stellte sie eine Liste zusammen, was nun alles auf sie zukam.

Abwarten, was genau der Arzt uns erzählt, Namen und Kontaktinformationen der nächsten Angehörigen herausfinden und diese benachrichtigen.

»Wir dürfen uns durch diesen Selbstmord nicht von unseren Ermittlungen abbringen lassen«, sagte Sven leise.

Sina ließ das Handy sinken. »Ich bin einfach so geschockt im Moment. Ich kann kaum klar denken.«

»Geht mir ähnlich«, meinte Sven. »Aber wir müssen schnellstmöglich diese Anne oder Chloe Weber befragen. Sie hat uns verschwiegen, dass sie am Samstagabend entweder bei Heseler war oder sich zumindest auf dem Stockwerk aufhielt, auf dem er wohnte.«

Sina nickte. *Sven hat ja recht, ich muss mich zusammenreißen.*

»Dann lass uns das telefonisch machen, während wir auf den Arzt warten.«

Sina blätterte ihr Notizbuch durch. Die Liste aller Seminarteilnehmerinnen, die Angela ihnen ausgedruckt hatte, lag lose zwischen den Seiten.

Mittlerweile war der Ausdruck mit handschriftlichen Notizen übersät.

Da die Liste nach Nachnamen alphabetisch sortiert war, standen die Informationen zu Anne Weber ganz unten. Sina gab die Telefonnummer in ihr Handy ein und stellte es auf Lautsprecher.

Es klingelte drei Mal, bevor sich jemand meldete.

»Chloe, hallo.« Die Stimme klang atemlos.

»Frau Weber, guten Tag. Sina Marten, Kripo Sylt. Hätten Sie einen Moment Zeit, es haben sich neue Fragen ergeben.«

»Ich, äh, ich bin gerade bei der Arbeit.« Sina hörte, wie am anderen Ende der Leitung eine Tür geöffnet und wieder geschlossen wurde. »Aber eine kurze Pause kann ich machen.«

Es raschelte kurz, dann sprach Chloe weiter. »Ich hoffe, es geht schnell. Ich will keinen Ärger bekommen.«

»Dann lassen Sie mich nicht lange herumreden«, meinte Sina. »Sie waren am vergangenen Samstagabend gegen zwanzig Uhr bei Marin Heseler auf dem Zimmer.«

Schweigen.

Jetzt ist ihr das Lachen, das mich bei der ersten Befragung so genervt hat, vergangen, dachte Sina.

»Frau Weber, sind Sie noch dran?«

»Ja.« Die Stimme klang kleinlaut.

»Warum haben Sie uns verschwiegen, dass Sie bei Herrn Heseler waren?«

Chloe holte laut und vernehmlich Luft. »Das ist doch offensichtlich, oder? Weil ich Angst hatte, dass Sie mich dann verdächtigen. Aber ich habe ihm nichts getan. Wirklich nicht, das müssen Sie mir glauben.«

Ich muss gar nichts, dachte Sina. Sie versuchte,

ihrer Stimme einen halbwegs freundlichen Klang zu geben. »Dann erzählen Sie uns doch bitte jetzt, was sich da in Herrn Heselers Suite zutrug.«

»Nichts, gar nichts. Er hat mich nicht einmal reingelassen.« Chloes Stimme klang trotzig, aber auch verletzt. »Erst flirtet er beim Seminar auf Teufel komm raus mit mir und dann lässt er mich eiskalt abblitzen.«

Sina hatte natürlich keine Lust, sich mit Chloes verletzten Gefühlen zu beschäftigen. Knapp forderte sie die junge Frau auf: »Bitte schildern Sie mir detailliert, was sich am vergangenen Samstagabend zutrug. Um welche Uhrzeit haben Sie sich in den neunten Stock begeben?«

»Es war so gegen acht. Ich habe nicht auf die Uhr gesehen. Nach dem Seminar habe ich im Restaurant etwas gegessen, dann bin ich auf mein Zimmer gegangen, habe geduscht und mich umgezogen. Es hat eine Weile gedauert, bis ich meine Haare und mein Make-up gemacht hatte, dann bin ich sofort nach oben gefahren.«

»Wie ging es dann weiter?«, fragte Sina.

»Ich war ziemlich aufgeregt und habe etwas gezögert, als ich vor Marins Zimmertür stand. Dann nahm ich aber meinen ganzen Mut zusammen und klopfte.« Erneut atmete Chloe tief durch. Als sie weitersprach, zitterte ihre Stimme ein wenig.

»Es dauerte eine Weile, bis Marin öffnete. Ich dachte schon, er sei nicht da und wollte gerade wieder gehen. Aber dann machte er doch noch auf.«

Ungeduldig klopfte Sina mit einem Kugelschreiber auf einer Seite ihres Notizbuchs herum. »Wie reagierte er, als er Sie vor der Tür stehen sah?«

»Erst sah er mich überrascht an, dann verärgert.

Er hat mich total von oben herab behandelt.« Das Zittern in Chloes Stimme verstärkte sich. »Und dann ... dann hat er gesagt, ich solle zurück auf mein Zimmer gehen und schlafen. Ich wolle doch sicher am nächsten Morgen für den zweiten Seminartag fit sein.«

Chloe schwieg kurz, dann räusperte sie sich. »Er hat mich gar nicht zu Wort kommen lassen. Hat einfach die Tür wieder zugemacht und ich stand da wie ein begossener Pudel.«

Fast tat die junge Frau Sina nun doch leid. Aber nur fast. »Haben Sie denn dann getan, was Herr Heseler von Ihnen verlangt hatte?«

Chloe klang überaus kleinlaut, als sie antwortete. »Ja. Ich bin zurück zum Lift und wieder nach unten gefahren.«

»Sind Sie im neunten Stock jemandem begegnet?« Gespannt wartete Sina auf Chloes Antwort.

»N... Das heißt, warten Sie ... Doch, vorher! Da war eine Hotelangestellte. Die kam mir entgegen, als ich auf dem Weg zu Marins Suite war. Ich weiß nicht, ob sie von Marin oder einer der anderen Suiten kam. Ich denke, sie war auf dem Weg zum Lift, aber so genau weiß ich das nicht, ich habe mich nicht nach ihr umgedreht. Ich war ganz auf die Begegnung mit Marin fokussiert.«

»Sie sind dann also in Ihr Zimmer zurückgekehrt«, stellte Sina fest. »Blieben Sie dort den Rest des Abends?«

»Oh ja, ich habe mich in die Badewanne gelegt und den ganzen Alkohol aus der Minibar getrunken, obwohl ich mir das eigentlich gar nicht leisten konnte.« Ein tiefer Seufzer. »Hat mich über fünfzig Euro gekostet.«

»Außer der Zimmerkellnerin haben Sie niemanden im neunten Stock gesehen?«, vergewisserte Sina sich. »Keine weiteren Hotelmitarbeiter, keine anderen Gäste?«

»Nein, niemanden.«

»Konnten Sie sehen, ob Herr Heseler allein in seiner Suite war? Oder gab es vielleicht Hinweise darauf, dass noch jemand bei ihm war?«

Nun klang Chloe richtiggehend bestürzt. »Sie meinen, er hatte eine Frau auf dem Zimmer?«

»Nein, ich meine gar nichts«, stellte Sina klar. »Ich frage Sie, ob Sie vielleicht etwas bemerkt haben.«

Chloe schwieg kurz, dachte wahrscheinlich nach. »Nein. Nichts. Aber ich konnte auch kaum in die Suite hineinsehen, weil Marin in der Tür stand und mir den Blick versperrte. Aber ich habe keine Stimmen gehört, Musik lief auch nicht.«

Sina nahm ihr Smartphone in die Hand und stellte den Lautsprecher aus. »Vielen Dank fürs Erste.«

»Ich habe Marin nichts getan, das müssen Sie mir glauben«, sagte Chloe. »Als ich ging, war alles okay mit ihm.«

Da die Zimmerkellnerin sich auch an Chloe erinnern kann, stimmt die Uhrzeit. Sie war gegen zwanzig Uhr bei ihm. Wenn er sie nicht abgewiesen hat, sondern sie in seiner Suite war, könnte sie die Täterin sein. Wir müssten jemanden finden, der bestätigen kann, dass Chloe Heselers Suite tatsächlich nicht betreten hat, sondern auf ihr eigenes Zimmer zurückgekehrt ist.

Sina beendete das Gespräch und sah Sven an. »Was meinst du?«

»Ich habe eine Theorie«, sagte ihr Kollege. »Angela tötete Marin - aus welchem Grund auch immer - und hat sich jetzt aus Schuldgefühlen das Leben genommen.«

Sina sah ihn zweifelnd an. »Sie tötet ihn und dann schreibt sie einen Abschiedsbrief, dass das Leben ohne ihn sinnlos sei?«

»Sie hat im Affekt gehandelt«, meinte Sven.

Heftig schüttelte Sina den Kopf. »Wenn sie ihm im Affekt mit einem schweren Gegenstand eins übergezogen hat, okay. Aber ihn dann in die Sauna zu zerren und ich weiß nicht wie lange zu warten, bis er wirklich tot ist? Das hat mit Affekt nichts mehr zu tun. Da hätte sie lange Zeit gehabt, zur Besinnung zu kommen und die Sauna wieder auszuschalten.«

Sven runzelte die Stirn. »Du wirst recht haben. Davon abgesehen kam mir Angela sehr sanft vor. Marin hätte sie wahrscheinlich gar nicht so sehr reizen können, dass sie ausgetickt wäre und zugeschlagen hätte.«

Sina nickte. »Ganz meine Meinung.«

***

Während Sina mit Chloe telefoniert hatte, war der Arzt eingetroffen, der Angela Kochs Leiche untersuchen sollte.

Sina, Sven und der Hoteldirektor begleiteten ihn zu Zimmer 807, das immer noch von einem uniformierten Polizisten bewacht wurde.

Sina lehnte sich im Hotelflur gegen die Wand und verschränkte die Arme. *Hoffentlich geht das schnell, damit wir den Leichenwagen bestellen können.*

In Gedanken begann sie bereits damit, sich zurechtzulegen, was sie sagen wollte, wenn sie Angela

Kochs nächste Verwandte benachrichtigte.

Sie war noch nicht weit gekommen, als der Arzt im Türrahmen auftauchte und ihr und Sven zuwinkte, näher zu treten.

»Das war kein Selbstmord«, sagte er leise.

Wie vom Donner gerührt starrte Sina den Arzt an. »Kein Selbstmord?«, wiederholte sie tonlos.

»Sie hat eine Kopfverletzung. Jemand hat sie niedergeschlagen und ihr dann den Gürtel um den Hals gelegt. Wahrscheinlich wurde sie erwürgt und dann erst aufgehängt, sodass es wie ein Selbstmord aussieht. Aber ganz genau kann das erst im Rahmen einer Obduktion nachvollzogen werden.«

Sina tastete nach ihrem Handy, doch Sven war schneller. Er hielt sein Smartphone bereits in der Hand und fuhr mit dem Daumen über das Display. »Ich rufe Dr. Singer und die Spusi an.«

Sina nickte nur. In ihrem Kopf drehte sich alles. *Das wird mir gerade alles ein bisschen zu viel. Ein zweiter Mord?*

***

»Wenn es derselbe Täter ist - wovon ich einfach mal ausgehe - können wir alle Seminarteilnehmerinnen, die bereits abgereist sind, ausschließen«, meinte Sven.

Sina stand immer noch mit verschränkten Armen gegenüber der Tür von Angela Kochs Zimmer. »Das schließt Chloe ein, die ist ebenfalls am Dienstag abgereist.«

»Du hast sie aber doch auf dem Handy angerufen, nicht wahr?«

Sina nickte. »Du meinst, sie war vielleicht gar

nicht bei der Arbeit? Das muss natürlich überprüft werden. Auch für die anderen Teilnehmerinnen.« Sie fuhr sich mit einer Hand über die Stirn. »Wer ist denn eigentlich überhaupt noch da? Nur diese Jessica Holzmann, oder?«

»Die wohnt aber nicht mehr im Hotel«, sagte Sven prompt. »Sie verbringt den Rest ihres Aufenthaltes bei Freunden.«

Sina sah Sven müde an. »Lass dich bitte nicht davon beeinflussen, dass du diese Jessica Holzmann attraktiv findest.«

Sven hob abwehrend beide Hände. »Tu ich doch gar nicht.«

»Warum bist du dann immer so gar so bemüht, wenn die Sprache auf sie kommt? Oder wirst rot, wenn ich dich konkret frage, ob du auf sie stehst?«

Sven verschränkte die Arme. »Ich steh nicht auf die! Wirklich nicht. Ich bin vollkommen unvoreingenommen.«

Wer's glaubt, dachte Sina, hatte jedoch keine Lust, weiter mit ihrem Kollegen zu diskutieren.

»Wir haben nicht viel Auswahl«, meinte Sven. »Wenn Riva Heselers Alibi stimmt, fällt sie ebenfalls weg.«

Sina überlegte kurz. »Wir haben Dorothe Kneise nicht nach einem Alibi für Samstagabend gefragt. Wir sind einfach davon ausgegangen, dass sie da noch nicht auf Sylt war, sondern erst angereist ist, als sie vom Tod ihres Ex-Freundes erfahren hat.«

»Für den Mord an Heseler hätte sie natürlich ein gutes Motiv«, sagte Sven. »Zurückweisung, Liebe, die in Hass umschlägt ... Aber was ist mit Angela Koch?«

Sina zuckte mit den Schultern. »Vielleicht wusste die etwas, das Doro hätte gefährlich werden können.«

Sie sah auf ihre Armbanduhr. »Lass uns sofort mit Dorothe Kneise sprechen. Wir haben noch Zeit, bis die Spusi und Dr. Singer da sind.«

***

Als Sina Marin Heselers Ex-Freundin anrief, hielt diese sich gerade in einem Café am Lister Hafen auf. Dort hatte sie auf Sina und Sven gewartet, die sich nun ebenfalls etwas zu trinken bestellten.

Ein wenig neidisch sah Sina auf den leeren Teller, der vor Dorothe Kneise stand. Nur noch einige Krümel erinnerten an das Stück Kuchen, das sich darauf befunden hatte.

Ich habe schon wieder seit dem Frühstück nichts gegessen. Wenn wir hier fertig sind, hole ich mir was bei Gosch.

»Was gibt es denn so Dringendes?«, fragte Dorothe.

»Frau Kneise, es gab neue Entwicklungen.« Dass Angela Koch getötet worden war und der Täter versucht hatte, den Mord als Selbstmord zu tarnen, verschwieg Sina. »Aus diesem Grunde hätten wir nun gerne von Ihnen gewusst, was genau Sie am vergangenen Samstagabend getan haben und ob es jemanden gibt, der das bezeugen kann.«

Ein wenig beunruhigt sah Dorothe zwischen Sina und Sven hin und her. »Letzter Samstag? Als Marin starb? Da war ich in Berlin.«

Sina nickte. »Haben Sie den Abend allein verbracht?«

»Ich ... nein. Ich war mit einer Freundin in einer Kneipe.« Sie verzog das Gesicht. »Schließlich bin ich seit einiger Zeit wieder single. Da muss ich mich jetzt langsam wieder umschauen, was es so gibt, da draußen.«

Sina griff nach Kugelschreiber und Notizbuch. »Wie heißt Ihre Freundin?«

»Fiona Dehmel. Ich wollte eigentlich gar nicht ausgehen, aber Fi bestand darauf. Sie meinte, ich muss unter Leute. Wir waren im Café Wolf in Friedrichshain.«

Sina fragte nach Fiona Dehmels Telefonnummer, die Dorothe ihr aus der Kontaktliste ihres Handys vorlas. »Vielen Dank, wir werden das überprüfen. Wissen Sie schon, wie lange Sie noch auf Sylt bleiben?«

Dorothe seufzte und spielte mit ihrer Kuchengabel. »Ich sollte baldmöglichst nach Hause fahren. Hier ist alles so schrecklich teuer. Außerdem weiß ich sowieso nicht, was ich hier eigentlich tue. Es war eine Kurzschlusshandlung herzukommen. Wahrscheinlich bildete ich mir ein, so Abschied von Marin nehmen zu können. Aber ... Ich kann ja nichts tun. Riva hat alles an sich gerissen.«

Mit traurigem Blick sah sie Sina an. »Ich kann wahrscheinlich froh sein, wenn ich überhaupt zur Beerdigung gehen kann. Hoffentlich stellt Riva keine Wachhunde auf, die mich am Betreten des Friedhofes hindern.«

»Bitte informieren Sie mich, wenn Sie die Insel verlassen«, sagte Sina. »Wir werden wahrscheinlich noch einmal mit Ihnen sprechen müssen.«

Sie vergewisserte sich, dass Dorothe ihre Telefonnummer hatte, dann verließ Sina mit Sven das Café.

»Ich wünschte, wir wüssten schon, wann Angela starb«, sagte sie, als sie vor dem Café standen. »Dann hätte ich sie gleich noch nach dem Alibi für die Tatzeit fragen können.«

»Wir rufen sie einfach in ein paar Stunden noch einmal an«, meinte Sven. Er wollte sich auf den Weg zu ihrem geparkten Wagen machen, doch Sina hielt ihn am Ärmel fest.

»Ich brauche dringendst was zu essen. Die paar Minuten Auszeit müssen jetzt einfach drin sein.«

Sven lächelte. »Gute Idee. Wo gehen wir hin?«

Sina deutete in Richtung der nördlichsten Fischbude Deutschlands. »Ich will ein Matjesbrötchen.«

»Das klingt gut, da will ich auch eins.«

***

Die kurze Pause hatte Sina gut getan. Und auch Sven machte einen energiegeladenen Eindruck, als sie ins Elysian Escape Hotel zurückkehrten.

Die Kollegen von der Spurensicherung waren in der Zwischenzeit eingetroffen, ebenso Dr. Singer, der sich zuvor am Telefon in Galgenhumor versucht hatte, indem er sagte, es wäre wohl am besten, wenn er nach Sylt ziehen würde.

Er hat in letzter Zeit wirklich eine Menge Zeit hier verbracht, dachte Sina, als sie den Rechtsmediziner begrüßte.

»Entschuldigung«, erklang eine weibliche Stimme hinter Sina. Sie drehte sich um. Katja Bertram stand in der Tür zu Zimmer 809. »Aber was ist hier eigentlich los?«

Misstrauisch beäugte sie Dr. Singer, bis ihr Blick schließlich auf dem schwarzen Arztkoffer ruhen blieb, der neben Singer auf dem Boden stand. »Stimmt etwas mit Frau Koch nicht? Ist sie krank?«

Sie schlug eine Hand vor den Mund. »Nein, ist sie

tot? Vorhin stand doch ein Polizist in Uniform vor der Tür.«

Sina trat zu Katja Bertram. »Beruhigen Sie sich. Ja, Frau Koch wurde vor einigen Stunden tot aufgefunden. Bitte bewahren Sie darüber noch Stillschweigen.«

Katja Bertram war sichtlich blass geworden und sah aus, als müsse sie sich jeden Moment übergeben. »Das ist ja furchtbar«, brachte sie hervor. »Direkt nebenan.« Sie trat einen Schritt zurück. »Ich werde sofort ein anderes Zimmer verlangen, hier bleibe ich keinen Moment länger.«

Sie wollte schon die Tür schließen, doch Sina trat einen Schritt vor. »Wir werden mit Ihnen sprechen wollen, sobald wir wissen, wann Frau Koch ungefähr gestorben ist. Bitte halten Sie sich zu unserer Verfügung.«

»Ja, ja, das werde ich«, murmelte Katja. Sina hatte den Eindruck, dass die Frau ihr gar nicht richtig zugehört hatte, hakte jedoch nicht nach.

Solange sie das Hotel nicht verlässt, kann es mir egal sein, in welchem Zimmer sie wohnt.

Geduldig wartete Sina mit Sven auf dem Hotelflur, während Dr. Singer seiner Arbeit nachging. Als der Rechtsmediziner fertig war, bat er sie ins Bad von Zimmer 807 und gab ihnen eine kurze Zusammenfassung seiner bisherigen Erkenntnisse.

»Der Kollege hat das ganz richtig gesehen. Eindeutig kein Selbstmord. Die Wunde am Hinterkopf sieht aus, als sei sie mit einem ähnlichen wenn nicht sogar mit demselben Gegenstand verursacht worden wie die bei Marin Heseler. Am Hals finden sich Strangulationsmarken, die höchstwahrscheinlich von dem Frotteegürtel verursacht wurden, an dem sie auch aufgehängt wurde. Die Fingernägel der Toten scheinen sauber zu sein, ich sehe auch keine Abwehrverletzungen. Der Körpertemperatur nach ist sie seit ungefähr achtzehn Stunden tot. Plus minus eine Stunde.«

»Das heißt, sie starb gestern Abend zwischen einundzwanzig und dreiundzwanzig Uhr«, sagte Sina. Sie notierte sich die Angaben Dr. Singers.

»Die Obduktion werde ich natürlich so schnell wie möglich vornehmen«, sagte Singer. »Ich muss noch abklären, ob in Flensburg oder hier auf Sylt. Ich sage Ihnen dann selbstverständlich umgehend Bescheid.«

Sina bedankte sich bei Dr. Singer, der bereits das Handy am Ohr hatte, um den Abtransport der Leiche zu veranlassen.

Sina blickte um die Ecke in den Schlafbereich des Hotelzimmers und winkte dem Leiter des Spurensicherungsteams zu. »Wie lange braucht ihr noch?«

»Sind fast fertig. Ihr könnt euch gleich umsehen.«

»Habt ihr irgendetwas gefunden?«

Er schüttelte den Kopf. »Jede Menge Fasern, Haare, Fingerabdrücke. Ob etwas Relevantes dabei ist, kann ich dir natürlich noch nicht sagen. Hotelzimmer sind der reinste Horror für uns. Egal wie gründlich das Putzpersonal auch arbeitet, es bleiben immer Spuren der Vorbewohner zurück.«

Sina sah kurz zu, wie einer der Spurensicherer sorgfältig einen Streifen des Teppichs absaugte.

Wir müssten sowieso erst mal einen Verdächtigen haben, damit wir DNA-Spuren, die wir möglicherweise finden, überhaupt vergleichen können.

***

Sorgfältig verstaute Sina das in einem Beweissicherungsbeutel verpackte Notizbuch in ihrer Handtasche. Handy und Laptop der Toten würde das Spurensicherungsteam mit nach Flensburg nehmen, doch dieses Buch mit handschriftlichen Notizen wollte sie sofort auswerten.

Die Durchsuchung des Hotelzimmers hatte ansonsten nicht viel erbracht. Da Angela Koch ja eigentlich damit gerechnet hatte, nur drei Tage auf Sylt zu verbringen, befanden sich nicht viele Kleidungsstücke im Schrank.

Sina hatte allerdings eine Tragetasche einer großen Modekette gefunden, in der noch ein Beleg lag. Angela war am Dienstag in Westerland einkaufen gewesen, hatte T-Shirts, Unterwäsche und einen Pullover erstanden.

Im Bad standen die üblichen Pflegeprodukte, in der Nachttischschublade lagen Ohropax, eine angebrochene Packung Aspirin und ein Roman von Cecelia Ahern. Unter diesem Roman hatte sich das Notizbuch befunden, auf das Sina nun all ihre Hoffnungen setzte.

Sina verließ gemeinsam mit Sven das Hotelzimmer. »Willst du aufs Revier zurück?«, fragte Sven.

Sina schüttelte den Kopf. »Ich werde Herrn Brecht bitten, dass wir einen der Konferenzräume nutzen können. Jetzt, da wir die ungefähre Todeszeit wissen, möchte ich Riva Heseler und Jessica Holzmann nach ihrem Alibi fragen. Mit Katja Bertram möchte ich auch sprechen, vielleicht hat sie ja gestern Abend etwas gehört oder gesehen.«

»Vergiss Dorothe Kneise nicht«, meinte Sven.

»Tue ich nicht, aber die wohnt ja leider nicht hier.«

»Soll ich sie herbestellen?« Sven hielt bereits sein Smartphone in der Hand.

Sina nickte. »Ich glaube, das wäre am besten. Das spart uns Fahrerei.« Sie klopfte auf ihre Handtasche. »Und vor allem auch Zeit, die wir besser nutzen können.«

***

Jess lag lang ausgestreckt auf einer der Ruheliegen im Spa-Bereich des Elysian Escape Hotels. Nach einer Ganzkörper-Massage hatte sie sich erst ein wenig im Whirlpool entspannt und sich dann einen Cocktail an der Bar des Wellnessbereichs geholt. Natürlich ohne Alkohol, denn sie war ja für den Abend mit Claudia und Moritz zum Essen mit anschließendem Barbesuch verabredet.

Vor dem ersten Schluck hatte sie mit dem Cocktail in der Hand für ein paar Selfies posiert. Diese sah sie nun durch, um eines für ihren nächsten Instagram-Post auszuwählen.

Da mache ich ein Doppelkinn, das gleich mal löschen. Hier hab ich die Augen zusammengekniffen, auch weg. Das hier ist ganz gut.

Jess vergrößerte das Foto, das vor ihrem kritischen Auge Gnade gefunden hatte, fügte einen Weichzeichnerfilter hinzu, um die Falten um ihre Augen herum unauffälliger zu machen und schnitt das Bild ein wenig zu.

Sie setzte sich auf und nahm noch einen Schluck von ihrem Cocktail, während sie überlegte, was für einen Begleittext sie zu dem Bild schreiben sollte.

Das Telefon vibrierte in ihrer Hand. Ein Anruf von einer unbekannten Nummer.

Jess stellte den Cocktail beiseite und nahm den Anruf an, neugierig, wer sie da denn anrief.

»Sina Marten, guten Tag.«

»Guten Tag, Frau Marten. Ich dachte, hier oben im hohen Norden sagt man Moin?«

»Äh, ja. Wie auch immer. Wir würden uns gerne noch einmal mit Ihnen unterhalten. Könnten Sie ins Elysian Escape kommen?«

»Ich bin schon im Hotel«, sagte Jess. Sie griff nach ihrem Glas und hielt es vor sich, so als wolle sie sich selbst zuprosten. »Genauer gesagt, bin ich im Spa. Ich gönne mir einen Wellness-Tag.«

»Das trifft sich ausgezeichnet«, sagte Sina. »Könnten Sie in Konferenzraum drei kommen? Im Erdgeschoss, hinter dem Restaurant.«

»Ich weiß, wo das ist«, meinte Jess. »Das Seminar fand in Konferenzraum zwei statt, direkt nebenan. Geben Sie mir ein paar Minuten, ich muss mich noch anziehen.«

»Ganz so eilig ist es nicht. Kommen Sie einfach, so schnell es geht.«

Nachdenklich legte Jess das Telefon beiseite und trank ihren Cocktail aus.

Worüber wollen die mit mir sprechen? Gibt es neue Erkenntnisse? Haben sie vielleicht sogar herausgefunden, wer der Täter ist?

Da fiel ihr wieder ein, was Angela ihr bei der Trauerfeier erzählt hatte.

Aber natürlich. Angelas Hinweis hat zu einem Ergebnis geführt. Da bin ich jetzt aber gespannt.

Jess stellte das leere Glas ab, griff nach ihrem Smartphone und ihrem Handtuch und eilte in den Umkleideraum.

Der Instagram-Post war vergessen, jetzt wollte sie

nur noch wissen, warum Sina Marten mit ihr sprechen wollte.

***

Sina legte ihr Telefon beiseite. Sie hatte sowohl Jessica Holzmann als auch Dorothe Kneise gebeten, in Konferenzraum drei zu kommen. Riva Heseler hatte sie nicht erreicht, aber eine Nachricht hinterlassen.

»Katja Bertram befragen wir später. Da müssen wir nur die neue Zimmernummer erfragen«, meinte sie.

Sven zog Nitril-Handschuhe an. »Werfen wir doch einen ersten Blick in das Notizbuch von Angela Koch«, schlug er vor.

Sina holte den Beweismittelbeutel aus ihrer Handtasche hervor und legte ihn auf die Tischplatte. Dann zog auch sie Handschuhe an.

Sie öffnete gerade den Beutel, als es an der Tür klopfte.

»Herein.«

Die Tür wurde geöffnet und Jessica Holzmann betrat den Raum. Ihre feuchten Haare waren lässig hochgesteckt, sie trug eine weite hellgraue Hose und einen dazu passenden weich fallenden Pullover in Übergröße.

Sina zog die Handschuhe wieder aus. »Das ging aber schnell. Sie hätten sich nicht so beeilen müssen.«

Jess lächelte Sina an. »Ich bin doch aber neugierig, warum Sie mit mir reden möchten.«

Sina bedeutete Jess mit einer Geste, sich zu setzen. »Wir haben unerfreuliche Neuigkeiten.«

Das Lächeln auf Jess' Gesicht erstarb. »Unerfreulich? Ich hatte gehofft, Sie sind dem Täter auf der Spur.«

Sina schüttelte den Kopf. »Leider nein. Vor einigen Stunden wurde Angela Koch tot in ihrem Hotelzimmer aufgefunden.«

Jess schnappte nach Luft. »Das darf nicht wahr sein.«

»Ist es aber«, sagte Sina schlicht.

»Wurde sie ebenfalls ermordet? Sie ...« Jess brach abrupt ab und hob eine Hand an die Stirn.

Sina hatte bereits mit Sven besprochen, wie sie bei den Befragungen vorgehen wollte. Sie waren sich einig gewesen, dass es keinen Grund gab, die Einzelheiten zu Angela Kochs Tod zu verheimlichen.

»Sie wurde ermordet, der Täter wollte es jedoch wie einen Selbstmord aussehen lassen«, sagte Sina.

Ihr Gegenüber starrte sie mit offenem Mund an. »Könnte ich bitte ein Glas Wasser haben?«, fragte sie schließlich.

Sina nickte Sven zu, der sofort aufsprang und zu einem Sideboard ging, auf dem ein Tablett mit Flaschen und Gläsern stand.

Sie wartete, bis Jess einen großen Schluck Wasser genommen hatte. »Der Tod von Frau Koch scheint Sie sehr mitzunehmen.«

Jess umklammerte das Glas mit beiden Händen. »Hat Sie noch mit Ihnen gesprochen?«

Sina runzelte die Stirn. »Mit uns?«

»Also nein«, flüsterte Jess. Sie stellte das Glas weg und räusperte sich, straffte die Schultern. »Es ist so: Als sie vorhin angerufen haben, dachte ich, Sie hätten vielleicht einen Hinweis auf den Täter. Auf diesen Gedanken kam ich, weil mir Angela Koch gestern, nachdem wir die Trauerfeier verlassen hatten, etwas anvertraute.«

Sina sah ihr Gegenüber gebannt an. Was würde Jessica Holzmann ihr nun erzählen?

»Angela sagte mir, sie habe am Samstagabend etwas beobachtet. Sie wollte aber dummerweise nicht so recht raus mit der Sprache. Als ich nachfragte, ob es etwas mit Marins Tod zu tun hätte, druckste sie rum und meinte, sie wisse es nicht.«

Sina war enttäuscht. Allzu vielversprechend klang das nicht.

»Ich sagte ihr, sie solle unbedingt mit Ihnen sprechen. Es ging eine Weile hin und her, bis ich Angela schließlich das Versprechen abnahm, dass sie das heute tun würde. Sie sagte, sie wolle noch eine Nacht darüber schlafen.«

Am liebsten hätte Sina laut aufgestöhnt. Da hatte also Marin Heselers Assistentin etwas mitbekommen, das sie offenbar ziemlich verstört hatte. Doch sie hatte sich weder Jessica Holzmann anvertraut noch Sina kontaktiert.

Was auch immer es war, das sie da gehört hat, sie hat dieses Wissen mit ins Grab genommen.

»Das war alles, was Sie Ihnen gesagt hat? Dass sie etwas beobachtet habe, was sie nicht richtig einordnen könnte?«

Jess nickte.

»Haben Sie Angela Koch noch einmal gesehen, nachdem Sie mit ihr über dieses Thema gesprochen haben?«

»Ich habe sie zurück ins Hotel gebracht und ihr noch einmal eingeschärft, Sie so schnell wie möglich anzurufen. Sie sagte, sie habe Kopfschmerzen und wolle sich hinlegen. Ich bin dann zurück zu meinen Freunden gefahren.«

»Um welche Uhrzeit war das ungefähr?«, fragte Sina.

»Es muss kurz nach siebzehn Uhr gewesen sein, als ich das Hotel verließ. Ich weiß noch genau, dass es siebzehn Uhr vierzig war, als ich wieder bei Claudia und Moritz eintraf. Wir haben erst zusammen gekocht und gegessen und dann einen Film gestreamt.«

Perfekt, sie liefert mir ihr Alibi freiwillig, ganz ohne dass ich fragen muss.

»Sie haben also den ganzen Abend mit Ihren Freunden verbracht? Von Angela haben Sie nichts mehr gehört? Auch keine WhatsApp-Nachricht oder SMS?«

Jess schüttelte den Kopf. »Nein, den letzten Kontakt hatten wir, als ich sie ins Hotel zurückbrachte.«

***

Als Jessica Holzmann gegangen war, nahmen Sina und Sven sich erneut das Notizbuch vor, das sie in Angela Kochs Nachttischschublade gefunden hatten.

»Hoffentlich hat sie aufgeschrieben, was sie am Samstagabend mitbekommen hat«, meinte Sina, während sie mit behandschuhten Händen zur letzten beschriebenen Seite blätterte.

Das Notizbuch war in Leinen gebunden, etwas kleiner als DIN A5 und ziemlich dick. Es gab nur noch wenige freie Seiten.

Sina sah, dass Angela eine ordentliche, gestochen scharfe Handschrift gehabt hatte.

»Wenigstens eine leserliche Schrift hatte sie«, murmelte Sven neben ihr.

Sina legte das aufgeschlagene Buch so auf den Tisch, dass Sven mitlesen konnte. Der letzte Eintrag trug das Datum des vergangenen Dienstags.

»Vor zwei Tagen«, sagte Sina leise.

»Blätter zurück und schau, ob sie auch am Samstag oder Sonntag etwas notiert hat.«

Doch Sina ließ sich von Sven nicht drängen, sondern überflog zuerst die letzten Worte, die Angela Koch aufgeschrieben hatte.

»Er fehlt mir so sehr, ich weiß nicht, wie es jetzt weitergehen soll«, las sie halblaut vor. »So froh ich auch bin, dass mir Riva einen Job gegeben hat, auf Dauer werde ich nicht für sie arbeiten können. Sie ist so herrisch, so fordernd.«

»Das scheint tatsächlich eine Art Tagebuch zu sein«, meinte Sven. »Ich hatte ja schon befürchtet, dass da vielleicht nur Notizen drinstehen, die sich auf ihre Arbeit beziehen.«

Sina blätterte zurück. Angela hatte jeden Tag zumindest einige Zeilen geschrieben. So auch am Samstag. Rasch las Sina den Eintrag von dem Tag, an dem Marin Heseler getötet worden war.

»Sie schreibt über den ersten Seminartag und regt sich über eine Teilnehmerin auf, die Marin angehimmelt hat«, sagte Sina.

»Das war dann wohl diese Chloe«, meinte Sven. »Scheint sich ja nicht sehr subtil verhalten zu haben, wenn gleich jeder gemerkt hat, dass sie auf den Coach stand.«

»Ich hoffe, dass er nicht darauf eingeht. Allein den Gedanken, dass er etwas mit dieser billigen Tussi anfangen könnte, ertrage ich einfach nicht.« Mit hochgezogenen Augenbrauen sah Sina Sven an. »Klingt ganz so, als habe Angela romantische Gefühle für ihren Chef gehegt.«

Sven zuckte die Schultern. »Wundert dich das? Sie

haben seit mehreren Jahren eng zusammengearbeitet, er sah gut aus, war charmant und dann auch noch ein echter Frauenversteher, zumindest beruflich.« Er verdrehte die Augen. »Privat wohl eher nicht. Die gescheiterte Beziehung, die Assistentin, die sich offenbar nach ihm verzehrte, das spricht alles nicht gerade für ihn.«

Sina legte den Kopf schräg. »Auf seinem YouTube-Kanal habe ich gesehen, dass er ein Video hat, wie man über unerwiderte Liebe hinwegkommt und dann doch noch den Richtigen findet.«

»Was für ein Thema«, meinte Sven. »Aber das klingt ganz so, als hätte Angela sich dieses Video mal zu Gemüte führen sollen.«

»Gesehen hat sie es sicher«, sagte Sina. »Sie war schließlich die persönliche Assistentin und als solche mit Heselers Inhalten vertraut. Würde mich nicht wundern, wenn sie es war, die das Video hochgeladen hat. Aber sie hätte die Tipps aus dem Video auch befolgen sollen.«

»Was hat sie am Sonntag geschrieben? Nachdem sie erfahren hat, dass Heseler tot ist?«

Sina blätterte um. Auf dieser Seite war die Handschrift nicht mehr ordentlich und leicht leserlich. Hier gab es unregelmäßige Krakel und verschmierte Stellen.

Mit tiefer Betroffenheit wurde Sina klar, dass es Tränen sein mussten, die den Text verschmiert hatten.

»Sie hat geweint, als sie das geschrieben hat«, sagte sie leise.

»Marin ist tot. Jemand hat ihn ermordet. Es ist, als wäre mir der Boden unter den Füßen weggezogen worden«, entzifferte Sven stockend Angelas Worte.

»Wie soll ich jetzt nur weiterleben? Ohne ihn ist alles sinnlos. Mein Leben ist nichts wert ohne ihn. Das Wort *nichts* hat sie mehrfach unterstrichen.«

Mit einem Kloß im Hals sah Sina sich den kurzen Text ganz genau an. »Darüber, dass sie etwas Seltsames gesehen oder gehört hätte, steht hier leider nichts.«

»Vielleicht fiel es ihr erst später wieder ein«, meinte Sven. Er deutete auf die Tagebuchseite. »Man sieht ja richtig, wie schlecht es ihr am Sonntag ging.«

»Ich denke, du hast recht. Nach dem, was Jessica Holzmann uns erzählte, war Angela sich ja nicht sicher, ob das, was sie beobachtet hatte, wirklich etwas mit dem Mord zu tun hatte. Es muss also etwas gewesen sein, dessen Bedeutung sie zunächst nicht verstanden hat.«

»Sondern erst, nachdem Marin tot war. Und auch dann erst, nachdem sie sich ein wenig beruhigt hatte und wieder halbwegs klar denken konnte«, ergänzte Sven.

Sina blätterte um. Der nächste Eintrag war der vom Dienstag, den sie bereits gelesen hatten. Sie sah die letzten Seiten des Buches durch, in der Hoffnung, vielleicht doch noch etwas zu finden. Aber kein loser Zettel fiel aus dem Buch, keine einsame Notiz fand sich auf den leeren Seiten. Dafür stieß Sina auf etwas anderes.

Sie hielt Sven das Buch hin. »Da wurde eine Seite herausgerissen.«

Sven zog einen Handschuh aus und griff nach Sinas Smartphone. Er holte eines der Fotos auf das Display, die Sina von Angela Kochs angeblichem Abschiedsbrief gemacht hatte. Dann hielt er das Display neben das Notizbuch.

»Sieht ganz so aus, als hätte der Mörder eine Seite aus dem Notizbuch gerissen, um den Abschiedsbrief darauf zu schreiben«, sagte er. »Das Papier, auf dem der Brief steht, ist an der linken Seite abgerissen worden.«

Sina schluckte. »Für mich als Laiin sieht die Schrift aus wie Angelas, nur viel krakeliger. So als sei sie in emotionalem Aufruhr gewesen, als sie das schrieb. Ich hoffe, ihr Mörder hat sie nicht dazu gezwungen, den Abschiedsbrief zu schreiben.«

Sven schüttelte den Kopf. »Das kann ich mir nicht vorstellen. Ich wette, der Mörder hat dieses Tagebuch gefunden und Angelas Schrift so gut wie möglich kopiert.«

»Ich hoffe, du hast recht«, sagte Sina leise. Der Gedanke, dass der Mörder Angela gezwungen haben könnte, ihren Abschiedsbrief zu schreiben, war ihr unerträglich.

***

Dorothe Kneise machte einen ungehaltenen Eindruck, als sie den Konferenzraum betrat. »Wie oft wollen Sie mir eigentlich noch die ständig gleichen Fragen stellen?« Ihre Stimme klang aufsässig. Sie ließ sich auf einen der Stühle am Konferenztisch fallen und sah Sina richtiggehend feindselig an. Von der Traurigkeit, die sie noch in dem Café am Lister Hafen zur Schau getragen hatte, war nichts mehr zu bemerken.

Zeigt sie uns jetzt ihr wahres Gesicht?

»Es gibt neue Entwicklungen«, sagte Sina kühl. »Wir würden gerne von Ihnen wissen, wo Sie sich gestern Abend zwischen einundzwanzig und dreiundzwanzig Uhr aufgehalten haben.«

Dorothes Feindseligkeit verpuffte. Ihre Schultern sanken herab und sie sah unsicher zwischen Sina und Sven hin und her. »Ist noch etwas passiert?«

»Beantworten Sie bitte erst meine Frage«, sagte Sina mit fester Stimme.

»Ich war in meinem Zimmer in der Pension«, sagte Dorothe leise. »Mir fiel die Decke auf den Kopf, aber um irgendwo hinzugehen, in ein Restaurant oder in eine Bar, fehlte mir die Antriebskraft. Außerdem muss ich mein Geld zusammenhalten. Ein teures Abendessen oder Drinks kann ich mir nicht leisten. Ich habe auf Netflix Filme gestreamt, aber gar nicht richtig mitbekommen, was da über den Bildschirm flimmerte. Ich wollte einfach nur die Stille vertreiben und die Gedanken in meinem Kopf betäuben.«

Sina schluckte das in ihr aufsteigende Mitleid hinunter. Vor ihr saß eine Frau, die vor einigen Monaten von ihrem Lebensgefährten verlassen worden war, den sie immer noch liebte. Durch dessen grausamen Tod war auch ihre Hoffnung gestorben, diesen Mann wieder für sich gewinnen zu können.

»Kann das jemand bestätigen? Ein Mitarbeiter der Pension vielleicht?«, fragte Sina mit sanfter Stimme, um Dorothe nicht noch mehr aufzuregen.

»Die Wirtin hat gesehen, wie ich in die Pension zurückkehrte. Die genaue Uhrzeit kann ich Ihnen leider nicht sagen. Ich ging kurz vor Ende der Trauerfeier, musste dann aber lange auf einen Bus warten. Ich schätze, ich war so gegen sechs Uhr abends wieder in der Pension. Ich begrüßte nur kurz die Wirtin und ging direkt auf mein Zimmer. Dort blieb ich, bis es am nächsten Morgen Zeit für das Frühstück war.«

Dorothe sah Sina fest in die Augen. »Warum wollen Sie das wissen? Sie fragen mich doch hier nach einem Alibi. Was ist passiert?«

Sina atmete tief durch, bevor sie antwortete. »Gestern Abend wurde Angela Koch in ihrem Hotelzimmer getötet. Die Leiche wurde heute Vormittag gefunden.«

Fassungslos schüttelte Dorothe den Kopf. »Angela? Wieso sollte jemand Angela töten? Denken Sie, es war derselbe Täter?«

Eigentlich hätte Sina an dieser Stelle darauf hingewiesen, dass sie es war, die die Fragen stellte. Doch sie unterließ es, Dorothe Kneise auf diese Weise zurechtzuweisen.

Der Frau geht es auch so schon schlecht genug.

»Das wissen wir schlicht und ergreifend nicht«, sagte sie.

Von Dorothes anfänglicher aggressiver Haltung war nichts mehr übrig. In sich zusammengesunken saß sie auf ihrem Stuhl und hielt den Oberkörper mit beiden Armen umschlungen.

»Finden Sie denjenigen, der das getan hat. Bitte. So schnell wie möglich«, sagte sie leise.

Sina antwortete nicht. Sie wusste, dass sie dieses Versprechen nicht geben konnte.

Wir werden unser Bestes versuchen, aber im Moment weiß ich nicht, ob das reichen wird.

***

Nach dem Gespräch mit Dorothe Kneise waren sowohl Sina als auch Sven vollkommen erschöpft.

»Es ist schon nach neunzehn Uhr. Wir sind seit über zehn Stunden im Dienst und haben nur die kurze Pause bei Gosch gemacht«, sagte Sven. »Ich kann einfach nicht mehr.«

»Ich fühle mich auch, als ob mein Gehirn kurz davor steht, einfach jegliche weitere Arbeit zu verweigern.« Sina strich sich mit einer Hand die Haare aus der Stirn. Dann blätterte sie in ihrem Notizbuch. »Wir müssen noch die ganzen Alibis überprüfen und mit Katja Bertram haben wir noch gar nicht gesprochen. Ganz zu schweigen von den weiteren Hotelmitarbeitern, die wir heute befragen wollten.«

»Die Befragungen der Hotelmitarbeiter hatten wir uns vorgenommen, bevor Angela Kochs Leiche gefunden wurde. Das hat unseren Arbeitsplan natürlich komplett auf den Kopf gestellt«, gab Sven zu bedenken.

Sina schlug ihr Notizbuch zu. »Wir können heute nichts mehr ausrichten. Ich würde mir am liebsten hier ein Zimmer nehmen und zwölf Stunden schlafen.«

Sven deutete auf den dezenten grauen Teppich, mit dem der Konferenzraum ausgelegt war. »Zimmer? Zu teuer. Ich bin so müde, ich könnte mich direkt hier auf dem Boden zum Schlafen hinlegen.«

Sina hob abwehrend beide Hände. »Bitte nicht. Bis nach Hause wirst du es doch wohl noch schaffen.«

Sven rang sich ein müdes Grinsen ab. »Wenn wir jetzt sofort losfahren, könnte das grad noch so klappen.«

Sina stand auf. »Dann mal los.«

Kapitel sieben

»Also, neuer Tag, neuer Arbeitsplan«, sagte Sina.

Sie stand mit Sven vor dem großen Whiteboard, das an einer Wand ihres Büros hing. Mit beiden Händen umfasste Sina einen Becher mit heißem Kaffee. Neben dem Foto von Marin Heseler befand sich nun auch eines von Angela Koch, darunter stand eine Liste von Namen.

»Alibis überprüfen, insbesondere auch feststellen, ob die Seminarteilnehmerinnen wirklich alle am Montag und Dienstag abgereist und jetzt zu Hause sind.«

»Katja Bertram befragen, ob sie vorgestern Abend zur Tatzeit verdächtige Geräusche aus dem Nebenzimmer gehört hat«, meinte Sven und schrieb den Namen *K. Bertram* auf das Whiteboard. »Außerdem sollten wir Angela Kochs Umfeld durchleuchten. Familie, Freunde. Was hat sie früher für einen Job gemacht, hat sie vielleicht noch Kontakt zu ehemaligen Kollegen?«

Sina sah Sven entsetzt an. »Ach, du meine Güte. Bei dem ganzen Stress gestern haben wir etwas furchtbar Wichtiges vergessen.«

Sven wirkte einen Augenblick verwirrt. Sina klärte ihn schnell auf. »Familie! Wir hätten sofort nach Dr. Singers erster Einschätzung herausfinden müssen, wer die nächsten Angehörigen sind ...«

»... und hätten diese über Angela Kochs Tod informieren müssen. Du hast recht.«

Sina stellte ihren Kaffeebecher beiseite und fuhr sich mit beiden Händen durch die Haare. »Ich fühle mich gerade, als ob mir dieser Fall komplett über den Kopf wächst.«

Sven legte ihr eine Hand auf die Schulter. »Vorschlag: Ich stelle jetzt fest, wer die nächsten Verwandten sind, während du damit anfängst, die Alibis der Seminarteilnehmerinnen zu überprüfen. Sobald ich ein Ergebnis habe, sage ich Bescheid.«

Sina lächelte ihren Kollegen dankbar an. »In Ordnung.«

***

Sina hatte bereits drei der Seminarteilnehmerinnen telefonisch an ihrer jeweiligen Arbeitsstelle erreicht, als Sven mit einem Zettel in der Hand in ihr Büro zurückkehrte. »Die Eltern von Angela Koch leben in Berlin. Ich habe ihre Adresse und Telefonnummer.«

Sina streckte die Hand nach dem Zettel aus. »Ich rufe sofort an.«

»Mach dir keine Vorwürfe, dass du das gestern vergessen hast«, meinte Sven. »Erstens habe ich auch nicht dran gedacht und zweitens besteht im Fall von Angela Koch nicht die Gefahr, dass die Angehörigen es aus dem Internet erfahren.«

Sina sah Sven düster an. »Man kann nie wissen. Diese Jessica Holzmann postet doch ständig auf Instagram. Die hätte es teilen können.«

Sven lächelte Sina beruhigend zu. »So viele Follower hat die nicht.«

Sina zog eine Augenbraue hoch. »Ah, ja? Das weißt du so genau, weil ...?«

Ihr Kollege schlug die Augen nieder. »Das weiß ich so genau, weil ich im Rahmen der Ermittlungen ihre Social Media-Accounts überprüft habe. Wie die aller anderen Beteiligten auch.«

Sina glaubte Sven nicht so ganz. Sie vermutete,

dass er sich die Fotos der attraktiven frisch geschiedenen Frau ganz allein zu seinem Privatvergnügen angesehen hatte. Doch sie wollte ihn nicht noch mehr in Verlegenheit bringen.

Dabei könnte ich das ganz leicht tun, indem ich ihn frage, wie viele Follower denn die anderen Damen so haben. Das weiß er garantiert nicht.

Sie hob den Zettel mit den Kontaktinformationen des Ehepaares Koch hoch. »Es gibt noch etwas anderes, das wir heute dringend erledigen müssen. Wir müssen eine Presseerklärung vorbereiten. Das sollte der nächste Punkt sein, sobald ich die Eltern informiert habe.«

***

Zum zweiten Mal innerhalb einer Woche musste Sina sich der unangenehmsten aller Aufgaben stellen. Nachdem sie die Telefonnummer von Angela Kochs Eltern gewählt hatte, zählte sie mit, wie oft es am anderen Ende klingelte.

Nach dem vierten Tuten wurde abgehoben. »Koch.« Es war eine männliche Stimme, die sich meldete.

Sina nannte ihren Namen und ihren Dienstgrad.

»Kriminalpolizei Sylt? Geht es um den Mord an Marin Heseler?«

»Spreche ich mit Stefan Koch? Dem Vater von Angela Koch?«, vergewisserte Sina sich.

»Ja, das tun sie.« Die Stimme klang fest, ein wenig neugierig. Stefan Koch ahnte nicht, welch schreckliche Nachricht auf ihn zukam.

Sina schloss einen Moment die Augen, ihre Rechte umklammerte das Telefon. »Herr Koch, es tut mir sehr leid, Sie informieren zu müssen, dass Ihre Tochter Angela gestern tot in ihrem Hotelzimmer aufgefunden wurde.«

»Wie bitte? Was?« Pure Bestürzung schwang in Stefan Kochs Stimme mit.

»Leider deutet alles daraufhin, dass Angela ermordet wurde«, fuhr Sina fort. »Die Obduktion findet heute im Laufe des Tages hier auf Sylt statt.«

»Das, das ...« Angelas Vater fehlten offensichtlich die Worte.

»Es tut mir leid, dass Sie diese Nachricht telefonisch erhalten mussten«, sagte Sina.

»Sylt, ausgerechnet Sylt«, murmelte Stefan Koch.

Sina war nicht ganz klar, was er damit sagen wollte, also schwieg sie.

»Geben Sie mir bitte Ihre Telefonnummer«, sagte Koch. »Ich muss mit meiner Frau sprechen. Ich rufe Sie zurück. Gibt es irgendetwas, womit wir Ihre Ermittlungen unterstützen können?«

Sina war hin- und hergerissen. Einerseits wollte sie dem Ehepaar Koch Zeit geben, zu versuchen, die Neuigkeit vom Tod ihrer Tochter wenigstens ansatzweise zu verarbeiten, andererseits benötigte sie dringend Informationen.

»Sie können uns tatsächlich unterstützen. Hatte Angela besonders enge Freunde, mit denen wir uns unterhalten könnten? Wir möchten uns ein Bild von Angelas sozialem Umfeld machen.«

»Diese Frage kann ich Ihnen gleich beantworten«, sagte Stefan Koch. »Angela ging ganz in ihrer Arbeit auf, sie hatte nur wenige Freunde und Bekannte. Am engsten war sie mit Diana Schneider befreundet, das ist eine Freundin aus Kindertagen. Einen Augenblick, ich suche Ihnen die Telefonnummer heraus.«

Sina griff nach ihrem Notizbuch und schlug eine neue Seite auf. Als Stefan Koch ihr Diana Schneiders Nummer diktierte, schrieb sie diese rasch auf. Auch Angelas Freundin lebte in Berlin.

Sina gab ihrerseits Stefan Koch ihre Festnetz- und Handynummer und versicherte ihm, dass er sie jederzeit anrufen könne, egal ob er Fragen habe oder ob ihm etwas einfallen sollte, das für die Ermittlungen relevant sein könnte. Dann beendete sie das Gespräch und atmete tief durch.

Das wäre erledigt.

***

»Angelas Vater hat es ganz gut aufgenommen«, meinte Sina. »So gut man so eine Nachricht eben aufnehmen kann. Er hat einen kühlen Kopf behalten und mir gleich den Namen von Angelas bester Freundin genannt.«

Sie hielt Sven ihr aufgeschlagenes Notizbuch hin. »Diana Schneider, Freundin aus Kindertagen.«

»Ich rufe sofort dort an. Vielleicht hat sie dieser Diana ja anvertraut, was sie Jessica nicht sagen wollte«, meinte Sven.

Sina schüttelte den Kopf. »Ich möchte selbst mit Diana Schneider sprechen. Mach du bitte mit der Überprüfung der Alibis weiter. Drei habe ich schon erledigt.« Sie reichte ihm die Liste, mit der sie gearbeitet hatte.

Sven verschwand wieder in seinem eigenen Büro und Sina wählte bereits zum zweiten Mal an diesem Tag eine Berliner Telefonnummer.

Sie wappnete sich, auch der besten Freundin von Angela Koch die Todesnachricht überbringen zu müssen, doch sie wurde überrascht.

Als sie ihren Namen und Dienstrang nannte, fragte Diana Schneider sofort nach, wie sie ihr helfen könne.

»Angelas Vater hat mich gerade angerufen und mir die schreckliche Nachricht überbracht«, sagte sie. »Ich fühle mich wie betäubt und denke unablässig, dass das doch nicht wahr sein darf.«

»Leider ist es wahr«, sagte Sina. »Meinen Sie, Sie könnten mir einige Fragen beantworten?«

»Ich werde mein Bestes versuchen«, lautete die Antwort.

»Herr Koch sagte mir bereits, dass Sie seit vielen Jahren mit Angela befreundet waren.«

»Seit dem Kindergarten, also quasi unser ganzes Leben lang.«

»Sie waren also sehr vertraut miteinander?«, fragte Sina.

»Ich denke, ich bin die Person, die Angela am nächsten stand. Allerdings muss ich dazusagen, dass Angela ziemlich verschlossen war. Sie trug ihr Herz nicht gerade auf der Zunge.«

Sinas Hoffnung darauf, eine positive Antwort auf ihre wichtigste Frage zu erhalten, sank. »Hatten Sie seit Samstagabend, seit dem Mord an Marin Heseler, Kontakt zu Angela?«

»Ich war natürlich entsetzt, als ich von dem Mord las. Das war am Montagmorgen. Ich rief Angela sofort auf dem Handy an, doch das war ausgeschaltet. Ich sprach ihr eine Nachricht auf die Mailbox, aber sie rief nicht zurück.« Diana seufzte leise. »Ich habe mir solche Sorgen um sie gemacht. Nach ein paar Stunden schrieb ich ihr zusätzlich noch eine E-Mail. Auf die antwortete sie dann am Montagabend. Allerdings nur ziemlich knapp. Sie bedankte sich für meine Anteilnahme, schrieb, es gehe alles drunter und drüber und dass sie sich so schnell wie möglich bei mir melden würde.«

Sina griff mit der freien Hand nach einem der Kugelschreiber, die auf ihrem Schreibtisch lagen. »Und? Tat sie das?«

Ein erneuter tiefer Seufzer nahm Diana Schneiders Antwort vorweg. »Leider nein. Diese E-Mail war das Letzte, was ich von Angela gehört oder vielmehr gelesen habe.«

Mit einem leisen Klappern fiel der Kugelschreiber zurück auf die Tischplatte. »Könnten Sie sich vorstellen, dass Angela sich jemandem anders anvertraut hat? Wir haben Grund zu der Annahme, dass sie einen Verdacht hatte, wer Marin Heseler getötet haben könnte.«

Scharf zog Diana den Atem ein. »Wirklich? Könnte es sein, dass ihr das zum Verhängnis wurde? Mir hat sie leider nichts dergleichen erzählt.« Sie machte eine kurze Pause. »Ich kann Ihnen gerne Angelas E-Mail weiterleiten. Aber da steht nur das drin, was ich Ihnen gerade gesagt habe.«

»Danke, das wird nicht nötig sein.« Sina überlegte kurz, sah auf ihre Notizen. »Einige Fragen noch zu Angela als Person. Wir wissen, dass sie seit etwas über vier Jahren für Heseler gearbeitet hat. Was für einen Job hatte sie davor?«

»Sie hat für eine Marketingagentur gearbeitet, hat dort vor allem Social-Media-Konten betreut. Inhalte erstellt und gepostet, auf Fragen geantwortet und Kommentare moderiert. Den Job bei Heseler bekam sie über eine Anzeige, die er online geschaltet hatte.«

»Wir haben in Angelas Zimmer ein Notizbuch gefunden, eine Art Tagebuch«, sagte Sina.

»Dann erzähle ich Ihnen sicher nichts Neues, wenn ich sage, dass Angela hoffnungslos in ihren Boss verliebt war, oder?« Diana Schneider klang resigniert. »Ich habe ihr von Anfang an gesagt, dass sie sich da keinerlei Hoffnungen machen darf, dass sie jemanden anders finden muss.«

»Ein Ratschlag, den sie offensichtlich nicht befolgt hat«, meinte Sina.

»Nein, leider. Ganz ehrlich: Angela hat für ihren Job und Marin Heseler gelebt. Abgesehen davon gab es nicht viel in ihrem Leben.«

Eine unbestimmte Traurigkeit stieg in Sina auf. Sie verabschiedete sich von Diana Schneider und stellte das Telefon zurück in die Ladestation.

Was für ein verschwendetes Leben.

***

Sina hatte gerade noch Zeit gehabt, eine Pressemitteilung zu entwerfen und nach Flensburg zu mailen, bevor es Zeit für die Obduktion war.

Wie immer, wenn sie einen Sektionssaal betrat, in Schutzkleidung gehüllt, eine Gesichtsmaske über Mund und Nase, lief es Sina kalt den Rücken hinunter.

Dies hatte wenig mit den Raumtemperaturen zu tun. Auch nachdem sie Dutzenden Obduktionen beigewohnt hatte, konnte Sina sich einfach nicht an den Anblick des gekachelten Saales, der stählernen Tische und der Instrumente gewöhnen.

Und dann noch dieser Geruch.

»Moin«, begrüßte Dr. Gerhard Singer Sina und Sven. Der Rechtsmediziner trug einen makellos weißen Kittel über schwarzen Hosen. Sein Mundschutz baumelte von einem Ohr, als er sich ein frisches Paar Einmalhandschuhe anzog.

Er trat an den vorderen der beiden Sektionstische, auf dem ein mit einem Laken bedeckter Körper lag. Daneben stand Dr. Singers Assistentin, die sich gerade darum kümmerte, die für die Obduktion benötigten Instrumente auf einem Rolltisch anzuordnen.

Mit einer behandschuhten Hand drückte Singer einen Knopf an dem Mikrofon, das über dem Tisch hing. »Obduktion weibliche Leiche, identifiziert als Angela Maria Koch, Alter neunundzwanzig Jahre.« Er nannte seinen Namen, das Datum und die Uhrzeit, dann nickte er seiner Assistentin zu.

Sie zog das Laken von Angela Kochs Leiche.

Am liebsten hätte Sina den Blick abgewandt, doch sie zwang sich, ganz genau hinzusehen, als Dr. Singer mit der äußeren Leichenschau begann.

Angelas Augen waren geschlossen, ihre Haare sorgfältig aus dem Gesicht gekämmt. Doch sie sah nicht aus, als schliefe sie.

Dazu ist sie zu blass, dazu sind die Schatten unter ihren Augen zu dunkel. Von den dunkel verfärbten Füßen und Unterschenkeln ganz zu schweigen.

Tatsächlich waren die Verfärbungen der unteren Extremitäten das Erste, was Dr. Singer für seinen späteren Bericht protokollierte.

Sina wusste, dass diese daher rührten, dass der Körper aufgehängt gewesen war. Dadurch hatte sich das Blut im unteren Bereich des Körpers gesammelt und die Verfärbung hervorgerufen.

Sie sah zu, wie Singer die Leiche gewissenhaft untersuchte. Abgesehen von der Wunde an Angelas Hinterkopf und den Strangmarken um ihren Hals fand er keinerlei Einstiche, Prellungen, Abschürfungen oder andere Verletzungen.

»Die Verletzung am Hinterkopf stammt von einem Schlag mit einem stumpfen Gegenstand. Nicht stark genug, um tödlich zu sein. Keine Fraktur des Schädels, leichte Blutung. Stark ausgeprägte Strangulationsmarken, keine erkennbaren Handabdrücke, also vermutlich erdrosselt.«

Behutsam legte Singer Angela Kochs Kopf auf eine Nackenstütze.

Sina schluckte, sie wusste, was jetzt kam.

Als sie zusah, wie Dr. Singer mit geübter Hand den Schnitt ansetzte, um Angela Kochs Körperhöhle zu öffnen, musste sie wieder daran denken, wie traurig es war, dass dieses junge Leben, das doch noch gar nicht richtig begonnen hatte, ausgelöscht worden war.

Jetzt, nach Heselers Tod, wäre ihr ja gar nichts anderes mehr übrig geblieben, als ihr eigenes Leben zu leben, statt in seinem Schatten zu stehen. Aber das hat der Mörder verhindert.

***

Nach der Obduktion hatte Sina so schnell wie möglich die Schutzkleidung ausgezogen und sich die Hände gewaschen. Am liebsten hätte sie sich unter die Dusche gestellt, um zu versuchen, den Stress und die Hektik der letzten Tage abzuspülen.

Ich weiß doch genau, dass das nicht geht. Warum habe ich dann solche seltsamen Gedanken?

Als sie mit Sven das Krankenhaus verließ, schaltete sie ihr Handy wieder ein. Sie hatte eine Nachricht von Jan, der sich erkundigte, wie es ihr ging.

Nicht so toll, waren grad bei Obduktion, schrieb sie zurück, während sie Sven zum Parkplatz folgte.

Also heute lieber gemütlicher Abend auf der Couch und kein Kneipenbesuch?, kam prompt eine weitere Nachricht.

Kneipe erst wieder, wenn dieser Fall geklärt ist, antwortete Sina. Sie hatten ihren Dienstwagen erreicht und Sven sah Sina fragend an.

»Du fährst«, sagte sie, zog die Autoschlüssel aus der Tasche und warf sie ihm zu.

Als sie sich anschnallte, traf noch eine neue Nachricht von Jan ein. *Dann bleibt wohl nur zu hoffen, dass das kein Cold Case wird.*

Sina verdrehte die Augen. Normalerweise liebte sie Jans Sinn für Humor, aber heute war ihr nicht nach Scherzen zumute.

Sie legte das Handy auf das Armaturenbrett, ohne zu antworten.

Sven schlug den Weg nach List ein. Da er vor der Obduktion sämtliche Alibis der abgereisten Seminarteilnehmerinnen hatte bestätigen können, war der nächste Punkt auf ihrer To-Do-Liste das Alibi von Riva Heseler.

Auf der Fahrt zum Elysian Escape Hotel versuchte Sina, sich ein wenig zu entspannen. Doch die Bilder aus dem Sektionssaal ließen sie nicht los.

Blicklos starrte sie aus dem Fenster, nahm die Insellandschaft in ihrer herbstlichen Schönheit gar nicht wahr. Sah nur Angela Kochs leblosen, kalten Körper vor ihrem inneren Auge.

***

»Frau Heseler geht nicht ans Telefon«, sagte der Rezeptionsmitarbeiter und sah Sina entschuldigend an.

»Gut, ich versuche es auf ihrem Handy.« Sina verfluchte sich, dass sie nicht erst angerufen und einen Termin mit Riva Heseler vereinbart hatte.

Es klingelte mehrmals und sie hatte schon die Befürchtung, dass die Mailbox antworten würde, als Riva sich doch noch meldete. Sie klang ein wenig außer Atem, so als sei sie gerannt, um noch rechtzeitig zu ihrem Telefon zu gelangen.

»Sina Marten, wir stehen an der Hotelrezeption und hätten Sie gerne noch einmal gesprochen.«

»Ich bin im Gym«, keuchte Riva. »Erster Stock, warum befragen Sie mich nicht gleich hier, während ich mein Training absolviere.«

Sina wollte ihren Ohren nicht trauen. *Wenn die denkt, ich stelle mich neben ein Laufband und führe so die Befragung durch, hat sie sich getäuscht.*

»Gegenvorschlag«, sagte Sina kühl. »Sie unterbrechen oder beenden Ihr Training und wir treffen uns in fünf Minuten auf Ihrem Zimmer.«

Sven sah Sina fragend an. »Was war denn?«

Sina schnaubte. »Riva dachte, wir trotten schön brav in den Fitnessraum und befragen sie dort.«

Kopfschüttelnd wandte Sven sich zum Lift.

Sie mussten nur wenige Minuten warten, bis eine erhitzt wirkende Riva Heseler im enganliegenden grellbunten Fitnessoutfit auftauchte und die Zimmertür mit ihrer Schlüsselkarte öffnete.

»Was ist denn so wichtig?«, fragte sie ungnädig und ließ sich auf das Sofa in der Sitzecke fallen.

Sina presste die Lippen zusammen und antwortete nicht sofort. Stattdessen tat sie so, als suche sie in ihrem Notizbuch nach der richtigen Seite.

Die Assistentin ihres Bruders, die die letzten Tage

auch für sie gearbeitet hat, ist ermordet worden und sie ist genervt, weil sie ihre Fitnessübungen unterbrechen muss?

»Frau Heseler«, begann Sina schließlich, »wir kommen gerade von der Obduktion Angela Kochs.«

Rivas Miene versteinerte, sie wurde tatsächlich ein wenig blass um die Nase. »Die arme Angela«, hauchte sie.

Bitte keine Krokodilstränen, dachte Sina.

»Der Rechtsmediziner schätzt, dass der Tod vorgestern zwischen einundzwanzig und dreiundzwanzig Uhr eintrat. Bitte teilen Sie uns mit, wo Sie sich zu dieser Zeit aufhielten.«

Rivas Augen weiteten sich. »Sie verdächtigen mich doch nicht etwa?«

»Routine«, sagte Sina bemüht ruhig. »Wir möchten Sie aus unseren Ermittlungen ausschließen. Dafür benötigen wir natürlich ein Alibi. Nicht nur von Ihnen, sondern von allen Personen, die in letzter Zeit mit Angela zu tun hatten.«

»Mittwochabend, also nach der Trauerfeier«, murmelte Riva Heseler. Sie zog ihr Smartphone aus einer Tasche, die sich seitlich am Oberschenkel ihrer engen Workout-Leggings befand.

»Ich war in Kampen im Dorfkrug zu Abend essen. Angela hatte mir einen Tisch für neunzehn Uhr reserviert. Ich habe mir mit dem Essen Zeit gelassen. Moment ...«

Riva stand auf und ging zum Schreibtisch. Sie zog eine Schublade auf und wühlte kurz darin herum. »Hier ist der Kreditkartenbeleg. Ich habe um kurz nach halb neun gezahlt.«

Sie hielt Sina den Papierstreifen hin.

Sina studierte den Kreditkartenbeleg. Das Datum

war korrekt, als Uhrzeit war 20:34 aufgedruckt. Der Betrag, den Riva für ihr Abendessen bezahlt hatte, belief sich auf einhundertzwölf Euro. Zusätzlich hatte sie fünfzehn Euro Trinkgeld gegeben.

Sie gibt das Geld, das sie von ihrem Bruder erben wird, jetzt schon mit vollen Händen aus, dachte Sina.

»Und nach diesem Abendessen?«, fragte sie und reichte Riva den Beleg zurück.

»Fuhr ich mit einem Taxi zurück ins Hotel und nahm noch einen Drink in der Hotelbar, bevor ich auf mein Zimmer zurückkehrte. Ich war ziemlich müde, ging nur kurz ins Bad und legte mich dann ins Bett. Ich habe noch eine Weile ferngesehen, bin dann aber früh eingeschlafen.«

»Haben Sie auch einen Kreditkartenbeleg von der Hotelbar?«, fragte Sina.

Riva schüttelte den Kopf. »Den Drink habe ich auf meine Zimmerrechnung buchen lassen. Aber ich bin sicher, das Barpersonal kann Ihnen mit der genauen Uhrzeit weiterhelfen.«

Sina machte sich eine Notiz. *Eigentlich ist es ganz egal, wann genau sie die Bar verlassen hat. Es wird auf jeden Fall vor dreiundzwanzig Uhr gewesen sein. Was bedeutet, dass wir Riva Heseler nicht als Verdächtige ausschließen können.*

***

Die Hotelbar befand sich im siebten Stock und bot durch vom Boden bis zur Decke reichende Panoramafenster einen großartigen Ausblick.

Doch für diese Aussicht hatte Sina nur einen kurzen Blick übrig. Sie wollte so schnell wie möglich überprüfen, bis wann sich Riva Heseler am Mittwochabend hier aufgehalten hatte und dann Katja Bertram befragen.

Da es erst früher Nachmittag war, befanden sich nur wenige Gäste in der Bar, die bei einer Tasse Kaffee oder Tee verweilten. Sina sah, dass ein Kellner zwei Damen mittleren Alters gerade eine Flasche Sekt servierte.

Gemeinsam mit Sven ging sie auf den Bartresen zu. Ein Barkeeper war damit beschäftigt, Zitronen und Limetten zu vierteln. Er blickte auf, als er bemerkte, dass sich Sina und Sven näherten.

Mit einem professionellen Lächeln sah er ihnen entgegen. »Womit kann ich Ihnen behilflich sein?«

Denkt wahrscheinlich, wir wollen jetzt schon mit dem Cocktailtrinken anfangen, dachte Sina.

Sie hielt dem Barkeeper ihren Polizeiausweis hin. »Wir bräuchten nur eine kurze Auskunft, dann können Sie sich wieder Ihren Zitronen widmen.«

Er zwinkerte ihr zu. »Kein Problem. Eine kleine Pause von den Zitronen tut mir ganz gut. Was wollen Sie denn wissen?«

»Wir würden gerne überprüfen, wann ein bestimmter Beleg gebucht wurde. Es geht um den vergangenen Mittwochabend.«

Das Lächeln verschwand, der Barkeeper beugte sich über den Tresen und senkte die Stimme. »Geht es um diesen Mord?«

Sina nickte nur und legte einen Finger an den Mund. »Bitte kein Wort zu Ihren Kollegen. Das Ganze ist streng vertraulich.«

Mit einem verschwörerischen Gesichtsausdruck nickte der Barkeeper. »Selbstverständlich. Geht es um einen Kreditkartenbeleg oder wurden die Drinks auf die Zimmerrechnung eines Gastes gebucht?«

»Auf die Zimmerrechnung. Das Zimmer hat die Nummer 819.«

»Einen Moment, bitte.«

Der Barkeeper verschwand durch eine Tür neben dem Bartresen.

Ungeduldig sah Sina auf ihre Armbanduhr. »Hoffentlich dauert das nicht zu lange.«

»Katja Bertram wird uns schon nicht davonlaufen«, meinte Sven. Er zog eine kleine Silberschale mit Erdnüssen zu sich heran, die auf dem Tresen stand.

Kopfschüttelnd sah Sina zu, wie ihr Kollege sich eine Handvoll Nüsse in den Mund schob.

»Was?«, fragte er, noch kauend. »Ich will einfach das Beste aus der Wartezeit machen.«

Bevor Sina auf Svens Kommentar reagieren konnte, kam der Barkeeper zurück. Er hielt zwei Blatt Papier in der Hand, ein großes und ein kleines.

Er legte beide auf den Tresen. »Das ist der Originalbeleg. Von unserer Computerkasse erstellt am vergangenen Mittwoch um zweiundzwanzig Uhr siebenundzwanzig. Hier ist die Unterschrift des Gastes. Außerdem habe ich Ihnen eine Fotokopie gemacht, die Sie mitnehmen können.«

Sina bedankte sich und faltete die Kopie.

»Wie ich mir schon dachte, ein wasserdichtes Alibi ist das nicht«, sagte sie zu Sven, sobald sie außer Hörweite des Barkeepers waren.

»Sobald wir wieder im Büro sind, mache ich mich endlich daran, Riva Heselers Alibi für den Abend zu prüfen, an dem ihr Bruder starb«, sagte Sven.

»Das ist auf meiner Liste immer tiefer gerutscht, weil ständig irgendetwas Neues, Wichtigeres dazukam.«

Sina seufzte. »Genauso geht es mir auch. Am

liebsten würde ich mich vierteilen.«

***

»Wir stehen für meinen Geschmack viel zu oft vor verschlossenen Hotelzimmertüren«, sagte Sina. Sie klopfte noch einmal, doch erneut rührte sich nichts hinter der Tür von Katja Bertrams neuem Zimmer, das sich auf der sechsten Etage befand.

Sven zog sein Smartphone hervor, wischte über das Display und hielt das Telefon ans Ohr.

Mit verschränkten Armen wartete Sina, dass ihr Kollege Katja Bertram an die Strippe bekam. Doch Sven verzog nach kurzer Wartezeit das Gesicht und nahm das Telefon vom Ohr. »Mailbox.«

Sina warf beide Hände in die Höhe. »Ganz toll. Dann müssen wir noch mal herkommen.«

Sven sah auf seine Uhr. »Wir fahren jetzt zur Pension von Dorothe Kneise, befragen die Wirtin und dann kommen wir direkt wieder her.«

Sina steuerte bereits auf den Lift zu. »Ich wünschte, wir könnten uns hin und her beamen, das würde Zeit sparen.«

»Müsste ich dich dann Scotty nennen?«, versuchte Sven einen Witz.

Sina sah ihn unter halb gesenkten Augenlidern an, während sie den Knopf für das Erdgeschoss drückte. »Vergiss es. Ich bin nicht in der Stimmung für Scherze.«

Wenig später durchquerte Sina mit großen Schritten die Hotellobby, als sie hinter sich eine laute Frauenstimme hörte.

»Sie hören von meinem Anwalt!« Die Stimme klang wütend und ein wenig hysterisch.

Sina blieb abrupt stehen und drehte sich um. Sie sah zwei Frauen neben einer der Sitzgruppen stehen. Die eine wandte sich gerade ab und stürmte auf die Aufzüge zu. Die andere sah ihr mit verschränkten Armen hinterher. Ihre ganze Körperhaltung drückte pure Ablehnung aus.

Es dauerte einen Moment, bis Sina die Frau erkannte. Es war Riva Heseler, die nun nicht mehr in verschwitzter Sportkleidung unterwegs war, sondern einen eleganten dunkelblauen Hosenanzug trug und die Haare hochgesteckt hatte.

Ihr Blick folgte der anderen Frau, die gerade hektisch mehrfach auf den Liftrufknopf drückte. Sina konnte sie im Halbprofil sehen. Es war Katja Bertram.

»Was ist da denn los?«, fragte Sina Sven.

»Wenn Bertram mit ihrem Anwalt droht, hat sie wohl gerade Riva Heseler auf das Thema Rückerstattung von siebentausendfünfhundert Euro angesprochen.«

Sina schnippte mit den Fingern. »Aber natürlich.« Sie sah zu, wie sich Riva Heseler über die Haare strich und dann auf sie zukam.

»Diese impertinente Person hat doch allen Ernstes von mir verlangt, dass ich ihr den Betrag erstatte, den sie Marin für ein Einzelcoaching bezahlt hat.« Riva Heseler wirkte ehrlich empört. »Ich habe ihr erklärt, dass die Heseler Coaching GmbH keine Geld-zurück-Garantie anbietet.«

Heseler Coaching GmbH? Ist sie etwa schon mit der Firmengründung beschäftigt? Soweit ich weiß, hat Marin Heseler als Einzelunternehmer fungiert.

»Das schien die Dame nicht gut aufzunehmen«, kommentierte Sven.

Rivas Mundwinkel kräuselten sich zu einem verächtlichen Lächeln. »Sie hat mir mit ihrem Anwalt gedroht. Da freue ich mich schon drauf. Sie hat nicht die geringste Chance. Damit verliert sie nur noch mehr Geld, nämlich das Honorar, das sie ihrem Rechtsberater zahlen muss.« Sie nickte erst Sven, dann Sina zu. »Entschuldigen Sie mich bitte, ich bin zu einem Business Meeting verabredet.«

Riva Heseler entschwebte und hinterließ eine Duftwolke teuren Parfüms.

Sina wedelte mit der Hand vor ihrem Gesicht und deutete in Richtung der Aufzüge. »Also zurück nach oben. Jetzt ist Bertram ja wieder auf ihrem Zimmer.«

***

Katja Bertram schien sich in der kurzen Zeit seit ihrer Auseinandersetzung mit Riva Heseler wieder gefangen zu haben. Als sie Sina und Sven die Tür öffnete, machte sie zumindest äußerlich einen gefassten Eindruck.

»Nehmen Sie Platz. Möchten Sie auch etwas zu trinken?« Katja griff nach einem Glas, das auf dem Schreibtisch stand, und nahm einen Schluck.

Sina fragte sich, ob die klare Flüssigkeit in dem Glas wohl stilles Mineralwasser war oder Wodka.

»Nein, danke«, lehnte Sina ab. »Es dauert nicht lange, wir haben nur einige Fragen.« Sie nickte Sven zu, der seinen Notizblock hervorzog.

»Wegen dieser Angela Koch?« Katja Bertram schüttelte sich und stellte ihr Glas beiseite. »Ich bin immer noch nicht darüber hinweg, dass ich das Zimmer direkt neben ihr hatte.«

»Genau darum geht es«, meinte Sina. »Haben Sie

am Mittwochabend irgendetwas gehört oder auch gesehen, das mit dem Mord an Frau Koch zusammenhängen könnte?«

»Um welche Uhrzeit geht es denn genau?«

»Um den Zeitraum von einundzwanzig bis dreiundzwanzig Uhr«, antwortete Sina.

Katja legte den Kopf schräg und tippte sich mit dem Zeigefinger gegen das Kinn. »Da war ich überhaupt nicht auf meinem Zimmer, tut mir leid. Ich war erst im Hotelrestaurant - dem im Erdgeschoss - und dann in der Bar. Ich ging erst gegen Mitternacht zurück in mein Zimmer.«

»Haben Sie zufällig Frau Heseler in der Bar gesehen?«, fragte Sina.

Katja Bertram schüttelte den Kopf, sodass die Spitzen ihres kinnlangen Bobs wippten. »Nein, aber die Bar war ziemlich voll.« Ihr Blick verdüsterte sich. »Ihr Glück, sonst hätte ich sie dort schon auf die Rückerstattung angesprochen. Trauerfeier hin oder her.«

Sie breitete in einer bedauernden Geste beide Hände aus. »Was Angela Koch angeht, kann ich Ihnen leider überhaupt nicht weiterhelfen. Tut mir wirklich schrecklich leid.«

So schnell wollte Sina sich jedoch nicht geschlagen geben. »Und wie sieht es mit den Tagen davor aus? Sie haben ja einige Tage Wand an Wand mit Frau Koch gewohnt, wurde es vielleicht irgendwann einmal laut im Nebenzimmer? Hat sie sich mit jemandem gestritten?«

Katja senkte den Blick. »Nein, etwas Derartiges habe ich nie gehört. Nur einmal dachte ich nachts, ich höre etwas.«

Sina beugte sich bereits gespannt vor, nur um sofort enttäuscht zu werden, als Katja Bertram weitersprach.

»Ich dachte, ich höre jemanden weinen.« Sie wirkte selbst traurig, als sie Sina wieder ansah. »Ich war im Halbschlaf und dachte, ich bilde mir das wohl nur ein. Aber jetzt denke ich, ich habe mich nicht getäuscht. Ich denke, Angela Koch hat in der Nacht auf Montag bitterlich geweint.«

Ein wenig beklommen sah Sina Sven an. Der steckte seinen Notizblock wieder ein.

»Ich wünschte, ich könnte Ihnen weiterhelfen«, sagte Katja Bertram leise. »Hoffentlich finden Sie denjenigen bald, der das getan hat.«

Das hoffe ich allerdings auch. Ich weiß nur beim besten Willen nicht, wie.

***

»Alle treiben sich ständig in einem der Hotelrestaurants oder in der Bar rum«, meinte Sven.

»Vergiss den Fitnessraum nicht.« Sina streckte die Hand aus, als sie sich ihrem geparkten Dienstwagen näherten. »Ich fahre.«

Sven händigte ihr die Autoschlüssel aus und steuerte die Beifahrertür an.

Auf dem Weg zur Frühstückspension Gonsen, in der Dorothe Kneise wohnte, gingen Sina und Sven noch einmal alle Erkenntnisse des bisherigen Tages durch.

»Wir haben etliche potenziell verdächtige Personen ausgeschlossen, weil sie Alibis haben. Aber sonst haben wir nichts erreicht«, fasste Sina schließlich zusammen.

Sven hielt sein Handy hoch. »Ich habe eine neue

E-Mail von den Kollegen aus Flensburg. Sie schicken uns heute noch die Daten von Angelas Kochs Handy und Laptop. Vielleicht finden wir da etwas.«

Sina seufzte. »Am liebsten wäre mir, wenn wir in der Liste ihrer zuletzt bearbeiteten Dateien ein Dokument finden, in dem sie genau aufgeschrieben hat, was sie denn am Samstagabend beobachtet haben will. Aber so etwas hätte sie wahrscheinlich eher ihrem Tagebuch anvertraut als ihrem Computer. Und da stand ja leider kein einziger Satz zu diesem Thema drin.«

Sie setzte den Blinker und bog in die Straße ein, in der die Pension lag. Sie fand einen Parkplatz fast direkt vor der Haustür.

Wenigstens etwas, das heute leicht geht.

Sie mussten klingeln, um in die Pension eingelassen zu werden, die sich im dritten Stock eines Mehrparteienhauses befand.

Als sie den kleinen Vorraum betraten, wurden sie von einer Frau in den Fünfzigern erwartet, die ihre blonden Haare zu einem strengen Dutt hochgesteckt trug.

»Ich bin Heidrun Gonsen, die Pensionswirtin«, stellte die Frau sich vor. Ein wenig misstrauisch beäugte sie Sina und Sven. »Kriminalpolizei sagten Sie? Kann ich Ihre Ausweise sehen?«

»Selbstverständlich«, antwortete Sina und mühte sich ein Lächeln ab, um die Vorbehalte der Frau zu zerstreuen.

Diese setzte sich eine Lesebrille auf, die an einer dünnen Goldkette um ihren Hals hing, und studierte erst Svens, dann Sinas Dienstausweis aufs Gründlichste.

»Nun gut, das scheint alles seine Richtigkeit zu

haben«, murmelte sie schließlich. »Worum geht es denn?«

Sina blickte sich im Vorraum der Pension um, doch die einzige Sitzmöglichkeit war ein schmales durchgesessenes Sofa.

Also dann auf die Schnelle im Stehen, zwischen Tür und Angel.

Sie holte ihr Notizbuch hervor und blätterte zu der Seite, auf der sie sich Dorothe Kneises Aussage notiert hatte. »Es geht darum, dass wir überprüfen möchten, ob sich einer Ihrer Gäste am vergangenen Mittwochabend hier in der Pension aufhielt.«

»Wenn das nach halb elf war, dann ja«, sagte Heidrun Gonsen ohne das geringste Zögern. »Alle meine Gäste wissen, dass hier um halb elf Sperrstunde ist, bis dahin müssen alle da sein.«

Sina sah die Wirtin fragend an. »Wie genau muss ich das verstehen?«

Gonsen deutete auf die Eingangstür. »Die Gäste bekommen nur Schlüssel für ihre Zimmer, aber nicht für die Vordertür. Den Schlüssel habe nur ich. Tagsüber müssen sie klingeln, wenn sie die Pension betreten wollen. Aber um halb elf sperre ich zu und gehe ins Bett, dann geht nichts mehr. Wer bis dahin nicht zurück ist, hat Pech gehabt.«

»Keine Ausnahmen?«, fragte Sina nach.

Heidrun Gonsen hob eine Hand und bewegte sie seitlich hin und her. »Wenn mir jemand vorher Bescheid sagt, mache ich schon mal eine Ausnahme. Aber nur, wenn es nicht sehr viel später wird und wenn derjenige einen guten Grund hat, zum Beispiel weil er eine Abendveranstaltung besuchen will.«

Sina nickte verstehend. »Konkret geht es um Frau Dorothe Kneise aus Berlin. Kam die vor zwei Tagen erst spät zurück?«

Die Wirtin schüttelte den Kopf. »Nein, Frau Kneise kam am frühen Abend. Die genaue Uhrzeit kann ich Ihnen nicht sagen, aber es war vor dem Abendessen. Das nehme ich um sieben ein.« Sie senkte die Stimme. »Ich habe zurzeit nur zwei Gäste. Frau Kneise und einen Herrn aus Flensburg. Beide sind sehr pflegeleicht und machen mir keinerlei Umstände. Verlassen die Pension nach dem Frühstück, kommen aber zu vernünftigen Uhrzeiten zurück. Ruhig sind sie auch beide.«

»Ich verstehe«, meinte Sina. »Könnte es denn sein, dass jemand die Pension abends noch einmal verlässt, ohne dass Sie das mitbekommen?«

Auch jetzt musste Gonsen nicht lange überlegen. »Sehr unwahrscheinlich. Ich habe einen sehr leichten Schlaf. Wenn jemand die Vordertür öffnen und wieder schließen würde, würde ich davon aufwachen. Außerdem: Wie käme derjenige denn dann wieder herein?«

Sina drehte sich zur Eingangstür um. »Lassen Sie den Schlüssel abends stecken? Dann könnte man den ja einfach mitnehmen.«

Die Wirtin ging zur Tür und deutete auf zwei Riegel, einer befand sich auf Augenhöhe, einer in Fußbodennähe. »Die Tür wird verriegelt. Bei einem Notfall muss man ja problemlos rauskommen.« Sie sah Sina an. »Wie gesagt, das Problem wäre dann, wieder hereinzukommen. Wenn die Tür hinter einem ins Schloss fällt, braucht man den Schlüssel, um aufschließen zu können.«

Sie schob den oberen Riegel zu und öffnete ihn wieder, was ein lautes, klackendes Geräusch verursachte. »Sie hören selbst, wie laut das ist. Davon würde ich auf jeden Fall aufwachen.«

Sina war noch nicht ganz überzeugt. *Was, wenn sie doch nicht so leicht zu wecken ist, wie sie denkt?*

Sie trat neben die Wirtin und sah sich die Tür ganz genau an. *Wenn jemand die Riegel leise öffnet und dann etwas in die Tür klemmt, damit sie nicht ins Schloss fallen kann, könnte er oder sie eben doch ohne Schlüssel wieder in die Pension zurückkehren.*

»Sie sind also der festen Überzeugung, dass Dorothe Kneise den ganzen Mittwochabend in ihrem Zimmer verbrachte?«, fragte Sina nach.

»Ja, auf jeden Fall«, versicherte die Wirtin ihr.

Gut, dann muss mir das jetzt so reichen. Zumindest fürs Erste.

***

Um möglichst schnell weiterarbeiten zu können, hatten Sina und Sven sich auf dem Rückweg zum Revier in einer Bäckerei belegte Brötchen gekauft.

Sina saß kauend an ihrem Schreibtisch und schrieb zwischen zwei Bissen eine Nachricht an Dorothe Kneise, in der sie ihr mitteilte, dass sie Sylt jederzeit verlassen könne.

Sobald sie diese Nachricht gesendet hatte, überprüfte sie zum wiederholten Male, ob die Kollegen aus Flensburg bereits die Daten von Angela Kochs Geräten überspielt hatten.

Immer noch nichts. Sie nahm noch einen Bissen von ihrem Käsebrötchen. *Um die Überprüfung des Berliner Alibis von Riva Heseler kümmert sich Sven. Ich habe also im Moment wirklich nichts zu tun.*

Sie beäugte die Ausdrucke und Aktenordner, die sich auf ihrem Schreibtisch stapelten. *Außer Papier-*

kram natürlich. Papierkram gibt es immer, das hört nie auf.

Sina lehnte sich in ihrem Bürostuhl zurück und kaute langsamer. *Dann kann ich mir jetzt mal eine kurze Auszeit gönnen und muss nicht so schlingen.*

Als Sina ihr Brötchen aufgegessen hatte, suchte sie in ihrer untersten Schreibtischschublade nach einem Schokoriegel, der als Nachtischersatz dienen sollte.

Sie riss gerade die Verpackung eines Snickers mit weißer Schokolade auf, als Sven ihr Büro betrat. »Riva Heselers Alibi für den vergangenen Samstag stimmt. Ich habe zwar erst zwei von den drei Freunden erreicht, aber die haben übereinstimmend exakt das ausgesagt, was Heseler zu Protokoll gegeben hat.«

Er hob eine Hand. »Bevor du jetzt sagst, die hätten genug Zeit gehabt, sich abzustimmen: Einer hat mir den Link zu seinem Facebookprofil geschickt und da finden sich reichlich Fotos, die an dem Abend aufgenommen wurden. Riva ist auf allen Fotos mit drauf. Im Theater, im Restaurant, in der Bar. Die Zeit, zu der das alles gepostet wurde, passt auch.«

Sina biss in ihr Snickers. »Riva war also definitiv nicht auf Sylt.«

Sven schüttelte den Kopf.

»Könntest du bitte in Flensburg anrufen und fragen, wann wir mit den Daten von Angela Koch rechnen können?« Sina deutete auf ihren Computer. »Ich schau schon ständig in meinem Posteingang nach.«

Sven trat an ihren Schreibtisch und griff nach der Maus. Mit einem Klick aktualisierte er Sinas Posteingang. Eine neue Nachricht wurde angezeigt.

»Das war das Zweite, was ich dir sagen wollte. Die Links zu den Daten sind da.« Er grinste auf Sina herab. »Iss fertig, dann können wir loslegen.«

***

Es dauerte nicht lange, bis Sina das System durchschaut hatte, nach dem Angela Koch die Dateien auf ihrem Laptop abgespeichert hatte.

Sie hatte für alle Arbeitsvorgänge Ordner angelegt, die wiederum Unterordner enthielten. Alles war erst nach Sachbereich und dann chronologisch sortiert.

Sina fand Unterlagen für Vorträge und Seminare, Vorlagen für Anschreiben und Werbemails, Budgets und eine umfangreiche Korrespondenz mit Klientinnen, aber auch mit Verlagen und Medienvertretern.

Unglaublich, wie viel Arbeit sie ganz alleine geleistet hat.

Was Sina jedoch nicht fand, war ein Ordner, in dem Angela Koch private Dateien gespeichert hatte. Sie schien den Laptop ausschließlich für ihre Arbeit genutzt zu haben.

Sina überlegte kurz, dann ließ sie sämtliche Dateien auf den Suchbegriff *Mord* untersuchen.

Die Suche dauerte eine Weile, gebannt starrte Sina den blauen Fortschrittsbalken an.

0 Ergebnisse.

Sie versuchte es mit dem Stichwort *Tod*, auch diese Suche verlief ergebnislos.

Hoffentlich ist das Handy ergiebiger.

Sina stand auf, nahm ihre Kaffeetasse und ging in Svens Büro. »Kommst du an Angelas E-Mails ran?«, fragte sie und blieb neben Svens Schreibtisch stehen.

»Bin grad dabei.« Sven deutete auf einen Stuhl und Sina setzte sich. Sie nippte an ihrem längst nur noch lauwarmen Kaffee, während sie zusah, wie ihr

Kollege hochkonzentriert auf seinen Monitor blickte.

»Sie hat am Samstag und Sonntag keine E-Mails versendet oder erhalten«, meinte Sven nach einer Weile.

»Wie kannst du dir so sicher sein, was den E-Mail-Eingang angeht? Sie könnte Mails gelöscht haben.«

»Ich formuliere um: Sie hat keine E-Mails aufbewahrt. Im Ordner mit den gelöschten Mails muss ich noch nachsehen.«

»Wie sieht es mit Montag und Dienstag aus?«

»Sie hat am Montag eine E-Mail an den Kundendienst eines Versandhauses geschrieben.« Sven kniff die Augen ein wenig zusammen. »Geht um eine Rückerstattung, die sie noch nicht erhalten hat, also uninteressant für uns. Dann hat sie Diana Schneider gemailt, das deckt sich also mit deren Aussage. Außerdem hat sie sich bei jemandem für Fotos bedankt, die diese Person ihr geschickt hat.«

»Was für Fotos?« Sina stand auf und sah Sven über die Schulter. Er scrollte etwas tiefer, bis die ursprüngliche E-Mail, auf die Angela Koch geantwortet hatte, in Sicht kam.

»Liebe Angela, anbei die Fotos von unserem Mädelsabend letzte Woche. Ich freue mich jetzt schon auf nächsten Monat. Viele Grüße Elli«, las Sven laut vor.

»Für uns wohl auch leider uninteressant«, meinte Sina. »Waren das alle Mails, die Angela in den letzten Tagen geschrieben hat?«

»Ja, sie war wohl nicht in der Stimmung. Erst der Schock und die Trauer und dann wurde sie ja auch noch von Riva Heseler vereinnahmt. Beruflich hat sie in der Zeit einiges an E-Mails versendet und empfangen.« Sven hob eine Hand. »Bevor du fragst: Da war nichts Interessantes dabei. Jede Menge Mails bezüglich der Organisation der Trauerfeier, Presseanfragen, die sie beantwortet hat, und sie hatte eine vorformulierte E-Mail, die sie als Antwort auf alle Mails verschickte, die Bestürzung und Anteilnahme zu Marin Heselers Tod äußerten. Letztere übrigens alle im Namen von Riva Heseler.«

»Bevor wir den Ordner mit den gelöschten E-Mails ansehen, kann ich kurz den Posteingang sehen?«

Sven wechselte mit einem Klick in den Eingangsordner. »Da gibt's auch nichts Interessantes. Werbung und der Newsletter irgendeines Lifestyle-Gurus.«

»Lifestyle-Guru? Hatte sie davon nicht genug in ihrem Leben?«, murmelte Sina.

»Naja, das ist schon ein Unterschied. Heseler war der Beziehungsguru, in dem Newsletter hier geht's um Achtsamkeit und Ähnliches.« Sven klickte erneut mit der Maus. »Das sind jetzt die gelöschten Mails.«

Sina überflog die lange Liste, während Sven langsam nach unten scrollte. »Lauter Werbung und Newsletter. Bestellbestätigung von Amazon für ein eBook, Rabattcoupon für Naturkosmetik. Die E-Mail von Diana Schneider. Sonst ist absolut nichts Privates dabei. Sie scheint wirklich kaum Freunde gehabt zu haben.«

»Traurig«, sagte Sven.

»Hast du die Fotos schon durchgesehen?«

Sven nickte. »Da war auch nichts für uns dabei. Videos gibt es keine. Ich gehe jetzt noch die Notiz-App durch und dann schaue ich, ob sie Audiofiles hat.«

Sina schnappte sich ihre Kaffeetasse. »Gut, sag Bescheid, falls du doch noch etwas findest.«

***

Sina wischte sorgfältig die Namen aller Seminarteilnehmerinnen von dem Whiteboard in ihrem Büro. Den Namen Riva Heseler ließ sie stehen, setzte ihn jedoch in Klammern. Ebenso die Namen Dorothe Kneise und Katja Bertram.

Sie haben alle Alibis, die allerdings nicht absolut wasserdicht sind. Rivas Motiv für den Mord an ihrem Bruder hätte die Hoffnung aufs Erbe sein können, Dorothe wollte sich rächen, weil er sie verlassen hat, und Katja tötete ihn wegen der Auseinandersetzung um sein Honorar. Angela wurde ermordet, damit sie schweigt.

Sina schüttelte den Kopf. *Das ist alles mehr als dünn. Riva dürfte kaum auf das Geld ihres Bruders angewiesen sein, sie ist selbst gut im Geschäft. Dorothe glaube ich, dass sie ihn zurückgewinnen wollte und Katja hat doch jetzt weniger Chancen, ihr Geld zu bekommen, als vorher. Diese Motive sind alle nicht überzeugend und außerdem haben die drei Frauen mehr oder weniger gute Alibis für den vergangenen Samstag. Die Einzige, die sicher auf der Insel war, ist Katja. Und die hat in meinen Augen das schwächste Motiv.*

Sina betrachtete das Foto von Angela Koch. *Hier bin ich mir sicher, was das Motiv angeht. Angela wusste etwas, das sie nicht hätte wissen dürfen. Der Täter hat das erfahren, auf welchem Wege auch immer, und hat Angela zum Schweigen gebracht.*

Sina runzelte die Stirn, griff zu ihrem Stift und

schrieb einen Namen auf das Whiteboard, den sie gerade erst abgewischt hatte. *Ich darf Jessica Holzmann nicht vergessen. Da habe ich zwar keine Ahnung, was ihr Motiv gewesen sein könnte, aber sie war diejenige, der Angela sich anvertraut hat. Wenig später war Angela tot. Hängt Jessica da irgendwie mit drin? Vielleicht nicht als Täterin, aber weiß sie, wer Marin getötet hat und sagt es uns nicht?*

Nachdenklich tippte Sina sich mit dem Stift gegen das Kinn. *Ich werde mir Jessica Holzmann morgen noch einmal vornehmen. Was auch immer noch aussteht, sind die Befragungen weiterer Hotelmitarbeiter, dafür hatten wir heute mal wieder keine Zeit mehr.*

Sie drehte sich um, als es an ihrer Tür klopfte, die wie meistens offen stand. Es war Sven, der ein Tablet in der Hand hielt.

Hoffnung keimte in Sina auf. »Hast du etwas gefunden?«

»Ich bin mir nicht sicher«, meinte Sven. »Ich habe hier eine seltsame Notiz, aus der ich nicht schlau werde.«

Er trat zu Sina und hielt ihr das Tablet hin. »Das ist ein Screenshot. Erstellt wurde die Notiz am Mittwoch kurz nach elf Uhr vormittags.«

»Eine Flasche Sekt und zwei Gläser«, las Sina vor. »Dahinter drei Fragezeichen.« Sie sah Sven an. »Was soll das bedeuten?«

»Ohne die Fragezeichen würde ich ja meinen, das ist eine Erinnerung, dass sie Sekt und Gläser bestellen soll. Aber so werde ich daraus nicht schlau.«

Sina starrte auf das Tablet-Display. »Vielleicht eine Anweisung von Riva, die sie nicht richtig verstanden hat? Sie hat die Fragezeichen hinzugefügt, weil sie nachfragen wollte, bevor sie die Bestellung aufgab.«

»Vormittags wird selbst Riva Heseler noch keinen Sekt wollen, egal mit wie vielen Gläsern«, meinte Sven.

»Das hat wahrscheinlich nicht das Geringste mit dem Mord an Heseler zu tun. In der Minibar in seiner Suite befand sich kein Alkohol und als ich bei Brecht nachfragte, ob eine der Seminarteilnehmerinnen oder Angela Koch am Samstag Wein oder Sekt bestellt hätten, lautete die Antwort nein.«

Sven zuckte mit den Schultern und schaltete das Tablet aus. »Ich wollte es dir nur gezeigt haben. Sonst konnte ich absolut nichts finden.«

»Lass uns besprechen, wie wir morgen weiter vorgehen«, meinte Sina. »Danach machen wir Schluss für heute.«

***

Jess saß am Küchentisch, ihr Smartphone in der Hand und scrollte durch die Fotos, die sie in den vergangenen Tagen aufgenommen hatte.

Als sie zu einem Foto von der Trauerfeier für Marin Heseler kam, hielt sie inne. Sie hatte von ihrem Sitzplatz aus in Richtung des Altars fotografiert, sodass sowohl das große Portrait als auch die Blumengestecke gut zu sehen waren. Im Vordergrund befanden sich die Hinterköpfe einiger Personen, die vor Jess gesessen waren.

Das da ist Angela. Ich kann immer noch nicht fassen, dass sie tot ist. Es ist gerade mal zwei Tage her, dass ich mit ihr gesprochen habe.

Zum wiederholten Male ging Jess in Gedanken jedes einzelne Wort durch, das sie am Mittwoch mit Angela gewechselt hatte. Doch ihr fiel einfach nicht mehr ein als das, was sie der Polizei bereits erzählt hatte.

Wäre ich doch nur hartnäckig geblieben. Hätte ich sie doch nur konkret gefragt, wen sie denn in Verdacht hatte. Stattdessen habe ich ihr gesagt, sie solle zur Polizei gehen. Auch da hätte ich nicht so schnell nachgeben sollen, als sie meinte, sie wolle noch eine Nacht drüber schlafen.

»Willst du jetzt den Rest des Abends Trübsal blasen?«

Jess sah von ihrem Handy auf. Claudia hatte sich ihr gegenüber gesetzt.

»Ich mache mir einfach so schreckliche Vorwürfe wegen Angela«, sagte Jess leise.

Claudia streckte den Arm aus und drückte Jess' Hand. »Tu das nicht. Du hast ihr nichts getan. Du hattest auch keine Ahnung, dass sie in Gefahr sein könnte. Du hättest sie nicht beschützen können.«

Jess seufzte. »Ich weiß ja, dass du recht hast, aber ich fühle mich einfach furchtbar.«

Claudia tätschelte ihre Hand. »Also was ist: Willst du hier hocken bleiben oder holen wir den Cocktailabend nach, aus dem gestern nichts wurde?«

Zweifelnd sah Jess ihre Freundin an.

»Nun komm schon. Zieh dir was Hübsches über, mal dir den Mund rot an und los geht's. Ich geb auch die erste Runde aus.«

»Was ist mit Moritz?«

Claudia zwinkerte ihr zu. »Nichts. Mädelsabend.«

Jess zwang sich zu einem Lächeln. »Okay, aber wenn es mir nach dem ersten Cocktail nicht deutlich besser geht als jetzt ...«

»... dann gehen wir gleich wieder nach Hause und setzen uns mit einer Packung Eiscreme vor den Fernseher.«

Jess Lächeln wurde breiter. »Abgemacht.«

***

»Wir haben einfach nichts. Keine Anhaltspunkte und auch keinen Verdächtigen.« Sina gestikulierte so heftig mit der Hand, in der sie ein Weinglas hielt, dass fast etwas Rotwein herausgeschwappt wäre.

Sie saß neben Jan auf der Wohnzimmercouch, wo sie sich eigentlich nach dem Abendessen hatte entspannen wollen. Doch sie konnte einfach nicht aufhören, an die beiden Mordfälle zu denken.

»Morgen wollen wir noch mehr Befragungen im Hotel durchführen, aber davon verspreche ich mir ehrlich gesagt nicht viel. Außerdem will ich mich noch einmal eingehend mit der einzigen Teilnehmerin von Heselers Seminar, die immer noch auf Sylt ist, unterhalten.«

Jan, der bis jetzt schweigend zugehört hatte, nahm sein Handy vom Couchtisch und entsperrte das Display. »Lass uns das Thema wechseln. Mit Mord und Totschlag kannst du dich morgen wieder den ganzen Arbeitstag lang beschäftigen.«

Sina nahm einen Schluck von ihrem Wein, musterte dabei ihren Freund über den Glasrand hinweg. »Du hast ja recht. Aber es ist so schwer für mich abzuschalten. Ich steige bei diesem Fall einfach nicht durch.«

Jan ging nicht auf das ein, was sie gerade gesagt hatte, sondern hielt ihr sein Handy hin. »Wie findest du den hier?«

Ein wenig überrumpelt starrte Sina auf das Foto eines schwarz-weißen Welpen, der mit kreisrunden Augen, die ihm ein erstauntes Aussehen gaben, in die Kamera blickte.

»Oh«, war alles, was sie herausbrachte.

Jan wischte über das Display zum nächsten Foto. Dieses zeigte den Welpen von der Seite. Der kleine Körper mit dem flauschigen Fell wirkte ein wenig pummelig und er schien noch ziemlich tapsig auf den Beinen zu sein.

Auf dem nächsten Foto hielt Jan den Hund auf dem Schoss und strahlte in die Kamera.

»Das sieht ja ganz so aus, als hättest du dich schon entschieden«, meinte Sina.

»Das ist Barney«, verkündete Jan. »Der Züchter hat ihn Barnabas getauft. Was ich heute neu gelernt habe, ist, dass Züchter allen Hunden aus einem Wurf Namen mit demselben Anfangsbuchstaben geben. Wir können uns natürlich einen anderen Rufnamen ausdenken, aber Barnabas ist sein Ahnentafelname.«

»Das ist mir jetzt gerade zu hoch.« Sina nahm Jan das Smartphone aus der Hand und sah sich alle Fotos noch einmal an. »Aber süß ist er.«

Sie blinzelte ihren Freund an. »Über den Namen sollten wir vielleicht noch einmal reden. Bei Barney muss ich sofort an die Familie Feuerstein denken.«

Jan lachte und nahm ihr das Handy wieder weg. »Barney ist neun Wochen alt, wir könnten ihn bereits nächste Woche vom Züchter abholen.« Er sah Sina mit schmelzendem Blick an. »Wenn du denn willst.«

Sina blies die Backen auf. »Du weißt genau, dass ich für dieses Thema gerade keinen Kopf habe.« Sie boxte Jan spielerisch gegen den Oberarm. »Aber du weißt auch, dass ich dir nichts abschlagen kann, wenn du mit diesem Hundeblick kommst.«

Jan grinste. »Hundeblick, das passt ja.«

Sina verdrehte die Augen. »Frag mich einfach nächste Woche noch mal, in Ordnung?«

Jan legte das Handy beiseite. »Hoffentlich findet ihr diesen Mörder bald.«

***

Claudia hat recht gehabt. Was ich brauchte, war Ablenkung. Bei ihr daheim in der Küche würde mir doch jetzt die Decke auf den Kopf fallen.

Jess nahm den zweiten Strawberry Margarita des Abends von der Kellnerin entgegen. Bevor sie einen Schluck nahm, zog sie ihr Smartphone aus der Handtasche und öffnete die Kamerafunktion.

»Du hast doch schon den ersten Margarita auf Instagram geteilt«, sagte Claudia.

»Das Foto will ich auch nicht posten, das ist nur für mich«, sagte Jess.

»Knipst du jeden Drink? Willst du auf diese Art den Überblick behalten?«

»So ungefähr«, meinte Jess ungerührt und lichtete ihren Cocktail ab. »Aber da du gerade Instagram erwähnt hast ... Mal sehen, wie viele Likes der erste Margarita schon hat.«

Claudias Lachen klang ein wenig ungläubig, doch Jess ließ sich nicht beirren. Sie wechselte von der Kamera zur Instagram-App und sah sich ihren neuesten Post an.

»Zwölf Likes und das in der kurzen Zeit«, verkündete sie stolz.

Ihre Freundin verdrehte nur die Augen. »Ich hab's

nicht so mit diesen ganzen sozialen Medien.« Sie widmete sich ihrem Drink.

Jess sah, dass sie neben den Likes auch eine neue Direktnachricht auf Instagram erhalten hatte. »Gib mir noch eine Sekunde, dann bin ich wieder ganz für dich da.«

»Ja, ja«, murmelte Claudia. »Ist schon gut.«

Jess tippte auf das Papierflieger-Symbol, um in ihren Nachrichteneingang zu gelangen. Die Nachricht stammte von einer alten Schulfreundin.

Nicht wichtig, lese ich später.

Jess wollte die App schon verlassen, als sie sah, dass sie neben der Nachricht im Hauptordner auch eine neue Nachrichtenanfrage hatte.

Sicher irgendein Bot, der mir Follower verkaufen will. Das lösch ich noch schnell.

Sie tippte auf den Reiter *Anfragen*.

Als sie den Namen neben dem runden Profilbild sah, erstarrte sie.

Angela Koch.

Einen Moment starrte Jess einfach nur auf das Profilbild, dann wanderte ihr Blick ein Stück nach rechts, um zu sehen, wann die Nachricht eingegangen war.

Vor zwei Tagen, Angela hat mir vor zwei Tagen auf Insta geschrieben. Das muss gewesen sein, nachdem ich sie ins Hotel zurückgebracht hatte.

»Stimmt was nicht?«, fragte Claudia.

Jess sah von ihrem Handy auf. »Ich habe eine DM von einer Toten.«

Kapitel acht

Sina legte das Paket, das am Morgen aus Flensburg eingetroffen war, auf dem Rezeptionstresen des Elysian Escape ab. Es enthielt den Laptop und das Smartphone von Marin Heseler.

»Könnten Sie bitte auf dem Zimmer von Riva Heseler anrufen und ihr sagen, dass ich in der Lobby auf sie warte? Sina Marten ist mein Name.«

Der Rezeptionsmitarbeiter nickte und griff zum Telefonhörer. »Frau Heseler kommt sofort herunter«, sagte er wenig später.

Sina bedankte sich und klemmte sich das Paket unter den Arm. Gemeinsam mit Sven steuerte sie eine der Sitzgruppen in der Hotellobby an.

Sie hatten es sich gerade erst gemütlich gemacht, da sah Sina bereits, wie sich eine der Aufzugstüren öffnete und Riva Heseler die Lobby betrat.

Heute war sie in einen cremefarbenen Hosenanzug gewandet und sah aus wie das Inbild der erfolgreichen Geschäftsfrau. Mit energischen Schritten kam sie auf Sina und Sven zu.

»Bleiben Sie ruhig sitzen«, sagte sie und nahm in einem Sessel Platz. Mit einem rot lackierten, perfekt manikürten Fingernagel deutete sie auf das Paket, das auf einem Beistelltisch lag. »Muss ich dafür eine Quittung unterschreiben?«

Sina nickte und reichte Riva Heseler zwei Ausdrucke und einen Kugelschreiber. »Ein Exemplar für Sie, eines für uns.«

Schwungvoll unterzeichnete Riva die beiden Quittungen und gab Sina eine davon zurück.

»Eine Frage hätte ich noch: Was ist mit der Uhr meines Bruders? Ich habe alle persönlichen Gegenstände erhalten, die sich in seiner Suite befanden, aber seine Uhr fehlt.«

Sina runzelte die Stirn. »Was war das für eine Uhr?«

»Eine Patek Philippe Calatrava, Weißgold mit Armband aus Alligatorleder. Marin hat über dreißigtausend Euro dafür gezahlt.«

Sina wäre fast der Unterkiefer heruntergeklappt, als sie den Preis hörte.

Riva schien Sinas ungläubigen Blick bemerkt zu haben, denn sie wedelte mit einer Hand. »Für eine Patek Philippe ist das gar nichts. Das ist eines ihrer schlichteren Modelle. Andere kosten Hunderttausende.«

Mehrere hunderttausend Euro für eine Uhr? Sina war ein wenig schwindelig.

»Könnte es sein, dass Ihr Bruder die Uhr daheim in Berlin gelassen hat?«, fragte Sina.

Riva schüttelte den Kopf. »Er trug sie immer. Ich habe auch Fotos von Marin gesehen, die letzte Woche am Freitag und Samstag aufgenommen wurden. Auf allen trägt er die Uhr.«

»Wir werden sofort nachforschen«, versprach Sina. »Es könnte jedoch sein, dass der Täter die Uhr mitgenommen hat.«

Riva verzog das Gesicht. »Das wäre natürlich durchaus möglich. So eine Uhr ist leicht zu Geld zu machen.«

Sina warf Sven einen Blick zu. *Könnte das endlich eine Spur sein, die uns zum Täter führt?*

***

»Marin Heseler trägt tatsächlich auf jedem einzelnen

Foto, das ich hier sehe, eine elegante Uhr mit schwarzem Armband«, sagte Sven, der über sein Tablet gebeugt vor Sinas Schreibtisch saß. »Aber auf den Tatortfotos von der Leiche trägt er sie nicht.«

»Sylt ist natürlich genau das richtige Pflaster, wenn man so eine Luxusuhr weiterverkaufen will«, sagte Sina, die auf ihrem Bildschirm eine Liste sämtlicher Juweliere, Uhrengeschäfte und Pfandleiher der Insel geöffnet hatte.

»Es gibt zwar nur ein Pfandhaus, aber das wäre für so eine teure Uhr vielleicht auch die falsche Anlaufstelle. Schmuck- und Uhrengeschäfte gibt es jedoch eine ganze Menge, über ein Dutzend.«

Sven legte das Tablet beiseite. »Dann rufen wir die jetzt alle an und fragen, ob eines dieser Geschäfte in den letzten Tagen eine Patek Philippe Calatrava angekauft hat oder ob eine solche Uhr angeboten wurde.«

Sina faltete die Hände und stützte ihr Kinn darauf ab. »Bei so einer teuren Uhr muss man sich doch sicher ausweisen und ein Formular ausfüllen, wenn man sie verkaufen will. Außerdem wird der betreffende Juwelier die Uhr zunächst gründlich untersuchen, ob sie auch echt ist.«

»Wenn der Täter das hier auf Sylt getan hat, ist die Aufklärung dieses Falles nur noch einen Anruf entfernt«, sagte Sven. »Also nichts wie los. Gib mir die Hälfte der Telefonnummern.«

***

Gedankenverloren spielte Jess mit dem Kaffeelöffel. Sie hatte in der vergangenen Nacht kaum geschlafen, zu sehr hatte sie die Nachricht aufgewühlt, die sie auf

Instagram erhalten hatte.

Warum nur habe ich sie nicht früher gesehen?

Jess wusste, dass die Antwort auf diese Frage eine ganz einfache war: Sie bekam extrem selten Nachrichten auf Instagram. Alle ihre Freunde nutzten WhatsApp. Nachrichten, die nicht in den Hauptordner gelangten, weil Jess den Absendern nicht auf Instagram folgte, wurden in zwei separate Ordner sortiert, so auch die DM von Angela Koch. Benachrichtigungen erhielt man jedoch nur für DMs, die im Hauptordner landeten.

»Möchten Sie noch etwas bestellen?«

Aus ihren Gedanken gerissen, sah Jess zu der Kellnerin auf. Jess saß in einem Café in Westerland, da sie sich heute durch Shopping ein wenig von allem ablenken wollte.

Doch es war Samstag und die Läden waren teilweise brechend voll. Deshalb hatte sie sich vor der Hektik in ein Café geflüchtet. Auch dieses Café war überaus gut besucht und Jess vermutete, dass die Kellnerin den kleinen Ecktisch, an dem Jess saß, für neue Gäste wollte.

Jess schüttelte den Kopf. »Ich bezahle dann bitte.«

Sie reichte der Kellnerin einen Zwanzigeuroschein und wartete auf das Wechselgeld. Dann zog sie ihre Jacke an und mischte sich wieder unter den Trubel, der in der Westerländer Fußgängerzone herrschte.

Eigentlich war der Text der Direktnachricht von Angela Koch nichts Besonderes gewesen. Sie hatte sich bei Jess dafür bedankt, dass sie ihr zugehört und sie ermutigt hatte, mit der Polizei zu sprechen.

Das werde ich auch gleich morgen früh tun, hatte sie geschrieben.

Allein aufgrund der Tatsache, dass Angela wenig

zurückgekommen?«

Jensen sah auf seine eigene Armbanduhr. »Sie waren sehr schnell hier. Die halbe Stunde ist noch nicht ganz um. Aber sie wird jeden Moment kommen, da bin ich mir sicher. Sie schien sehr darauf erpicht, die Uhr so schnell wie möglich zu Geld zu machen.«

»Könnten Sie die Uhr bitte holen?«, bat Sina.

Lars Jensen nickte und verschwand im hinteren Teil des Juweliergeschäftes. Sina sah sich ein wenig im Inneren des Ladens um. An den Wänden standen Schaukästen, in denen einige wenige Schmuckstücke perfekt in Szene gesetzt waren. Preisschilder suchte man bei Schmuck Teidis vergeblich.

Ich will auch gar nicht wissen, was das alles kostet.

Sina drehte sich um und blickte in Richtung Schaufenster und Eingangstür. Auch das Schaufenster des Juweliers zeugte von Exklusivität und Geschmack.

Doch darum ging es Sina im Moment nicht, sie wollte sehen, ob Katja Bertram sich näherte.

»Bertram darf uns nicht sofort sehen, wenn sie das Geschäft betritt«, sagte Sina leise zu Sven.

Er nickte und nahm sie am Ellbogen. »Lass uns ein wenig da rüber gehen und so tun, als ob wir den Schmuck in der Vitrine da drüben anschauen.«

Sina platzierte sich mit Sven vor einer Schmuckvitrine an der linken Seite des Ladens. Rasch warf sie noch einen Blick über die Schulter Richtung Eingang.

Durch die große Schaufensterscheibe sah sie eine Frau, die mit eiligen Schritten die Straße überquerte.

»Da ist sie«, sagte Sina und wandte sich rasch wieder der Vitrine zu. Aus dem Augenwinkel sah sie, dass Lars Jensen zurück in den Verkaufsraum kam.

Nur Sekunden später ertönte die Glocke, die darauf hinwies, dass jemand die Ladentür geöffnet hatte.

Sina hielt den Kopf ein wenig gesenkt und schielte zu Jensen hinüber. Der hatte ein professionelles Lächeln aufgesetzt und sah Katja Bertram entgegen.

Er legte die Uhr, die er auf einem dunklen Samtkissen arrangiert hatte, auf den Ladentresen. »Ah, da sind Sie ja wieder. Das passt perfekt. Ich habe mir die Uhr gerade genauer angesehen.«

Sina spürte, wie jemand hinter ihr vorbeiging, dann kam auch Katja Bertram in ihr Blickfeld. Sie blieb vor dem Verkaufstresen stehen und stellte ihre Handtasche darauf ab.

»Dann kommen wir ins Geschäft?«, fragte Bertram.

Sina drehte sich um und trat auf Katja Bertram zu. »Daraus wird leider nichts.«

Der Klang von Sinas Stimme ließ Bertram herumwirbeln. Erschrocken starrte sie erst Sina an, dann Sven. Ihr Mund öffnete sich, doch kein Laut kam heraus.

»Katja Bertram, ich verhafte Sie wegen des dringenden Tatverdachts des Mordes an Marin Heseler. Bitte begleiten Sie uns aufs Revier.«

Sie deutete auf die Uhr, die immer noch in der Mitte der Verkaufstheke auf ihrem Samtkissen ruhte. »Sven, packe die Uhr bitte in einen Beweismittelbeutel.«

***

Die herablassende Art, die Sina von Anfang an so an Katja Bertram gestört hatte, war wie weggeblasen.

Blass und in sich zusammengesunken saß sie Sina und Sven im Verhörraum gegenüber. Vor ihr stand eine Tasse Tee, die sie jedoch noch nicht angerührt hatte.

In der Mitte des Tisches lag ein durchsichtiger Beweismittelbeutel mit der Patek Philippe-Uhr, die Sina bei Schmuck Teidis beschlagnahmt hatte.

»Diese Armbanduhr gehörte Marin Heseler«, sagte Sina. »Auf Fotos, die an dem Tag, an dem er starb, aufgenommen wurden, trägt er die Uhr. Außerdem sagte seine Schwester aus, dass er diese Uhr immer trug. Erklären Sie uns doch bitte, wie diese Uhr in Ihren Besitz gekommen ist.«

»Als ich Ihnen sagte, dass es mir nicht um das Geld gehe, sondern ums Prinzip, habe ich gelogen«, sagte Katja Bertram. »Meine Agentur läuft nicht gut. Vor zwei Wochen hat einer unserer wichtigsten Kunden uns die Zusammenarbeit aufgekündigt. Ich wollte die siebentausendfünfhundert Euro nicht nur zurückhaben, weil ich mit dem Coaching unzufrieden war, ich brauchte das Geld ganz dringend.«

Sina legte die Unterarme auf der Tischplatte ab und beugte sich vor. »Aber Sie haben nicht einfach nur die Uhr gestohlen, Sie haben Marin Heseler getötet.«

Katja Bertram schlug eine Hand vor den Mund und sah Sina mit weit aufgerissenen Augen an. Heftig schüttelte sie den Kopf.

»Fürs Protokoll: Die Befragte schüttelt den Kopf«, sagte Sina. Dann wandte sie sich wieder an Katja. »Wollen Sie sagen, Sie hätten nur die Uhr gestohlen?«

Nun griff Katja Bertram doch nach der Teetasse. Sie musste die Tasse mit beiden Händen halten, so stark zitterten ihre Finger.

Sina wartete geduldig ab, bis ihr Gegenüber einen Schluck getrunken und die Tasse wieder abgestellt hatte, dann hakte sie nach. »Wie sind Sie denn an die Uhr herangekommen?«

Katjas Augen glänzten fiebrig, als sie Sina ansah. »Ich weiß nicht, wo ich anfangen soll.«

»Fangen Sie ganz von vorne an«, sagte Sina. »Um welche Uhrzeit haben Sie Marin Heseler in seiner Suite aufgesucht? Bei unserem ersten Gespräch sagten Sie noch, Sie hätten mittags mit ihm gesprochen.«

»Das stimmt auch«, sagte Katja Bertram. »Aber er ging nicht auf meine Forderung ein, konnte oder wollte meine Argumente nicht verstehen. Den Rest des Tages verbrachte ich damit, zu überlegen, wie ich ihn dazu bringen könnte, mir zuzuhören und mich zu verstehen. Ich kam dann auf die Idee, mit einer Flasche Sekt zu ihm zu gehen.«

Sina fiel die Notiz wieder ein, die Sven in Angela Kochs Smartphone gefunden hatte. *Angela muss gesehen haben, wie Katja Bertram mit der Sektflasche und zwei Gläsern zu Marin Heseler ging.*

»Ich dachte, wenn wir etwas zusammen trinken, könnte ich ihn versöhnlich stimmen. Dass er in der Heckenrosen-Suite wohnte, wusste ich, weil ich ihn bereits mittags dort aufgesucht hatte.«

Sina hob eine Hand. »Moment, Sie waren bereits mittags in seiner Suite? Sie sagten in Ihrer ursprünglichen Aussage, Sie hätten ihn mittags abgepasst.«

Katja senkte den Blick. »Das stimmt so nicht ganz. Ich wusste, dass er in einer Suite wohnte und dass diese sich auf der obersten Etage befanden. Eigentlich wollte ich ihn vor dem Seminarraum abpassen.

Aber da hing ein Schild an der Tür, auf dem der Tagesplan stand. Alle Uhrzeiten für Beginn Mittagspause und Ende. Also bin ich kurz vor Beginn der Mittagspause in den neunten Stock gefahren und habe dort gewartet.«

»Sie haben mich also nicht direkt angelogen, sondern einfach nur nicht erwähnt, dass Sie in seiner Suite waren?«

Katja nickte. »Womit ich nicht rechnete, war, dass er nicht alleine kam. Er hatte seine Assistentin dabei, dich ich bereits aus Berlin kannte, als ich dort zum Einzelcoaching war. Fast hätte ich einen Rückzieher gemacht. Ich stand erst etwas unentschlossen in der Fensternische, in der ich auf Heseler gewartet hatte, doch dann gab ich mir einen Ruck, ging zu der Tür, hinter der er mit seiner Assistentin verschwunden war, und klopfte.«

Sina runzelte die Stirn und blätterte in ihrem Notizbuch. Angela Koch hatte mit keinem Wort angedeutet, dass sie bei dem Gespräch von Katja Bertram und Marin Heseler dabei gewesen wäre.

»Wer öffnete Ihnen denn die Tür?«, fragte sie.

»Herr Heseler selbst. Ich war erstaunt, dass er das nicht seiner Assistentin überlassen hatte. Doch als er mich in den großen Wohnbereich seiner Suite bat, war sie nirgends zu sehen.«

Katja bedeckte die Augen mit einer Hand. »Ich kann Ihnen gar nicht sagen, wie ich mich fühlte, als ich diesen Luxus sah, in dem Heseler wohnte. Er hatte diese sagenhafte Suite mit mehreren Räumen, Meerblick ... und weigerte sich dann rundheraus, auch nur darüber nachzudenken, mir das an ihn gezahlte Honorar zu erstatten.«

Sie ballte die Hand zur Faust. »Dabei war so eindeutig, dass er das Geld leicht hätte entbehren können. Ich hingegen, ich brauchte es dringendst.«

Sina musste daran zurückdenken, wie Riva Heseler ihr kühl versichert hatte, dass es für die Coachings und Kurse ihres Bruders keine Geld-zurück-Garantie gäbe.

Das hätte Heseler Bertram vor Beginn des Einzelcoachings erklären sollen, dann wäre das alles hier nie passiert.

»Erzählen Sie mir das doch bitte ein wenig ausführlicher. Heseler öffnete Ihnen also die Tür zu seiner Suite und bat sie in das Wohnzimmer. Wie genau verlief dann Ihr Gespräch?«

»An den genauen Wortlaut kann ich mich natürlich nicht mehr erinnern.« Katja Bertram blickte an Sina vorbei ins Leere, ihre Hand spielte mit dem Henkel der Teetasse. »Ich war ziemlich direkt und habe ihm geradeheraus gesagt, dass ich eine Erstattung wünsche, weil ich mit der erbrachten Leistung nicht zufrieden sei. Er hat mich nur herablassend gemustert und gesagt, das sei nicht möglich. Dann ließ er noch einige seiner hohlen Marketingsprüche vom Stapel, dass seine Strategien alle erprobt und bewährt seien. Dass ich bei exakter Befolgung seiner Ratschläge Erfolg haben würde.«

Sie gab ein ärgerliches Geräusch von sich. »Er wollte es so hindrehen, als hätte ich mich nicht ausreichend bemüht. Dann komplimentierte er mich auch schon wieder hinaus.«

»In der Zeit, die Sie in der Suite verbrachten, haben Sie da Angela Koch gesehen?«, fragte Sina.

»Nein. Die war im Nebenzimmer und hat gelauscht.« Katja Bertram lachte kurz auf. Ihr Lachen klang bitter.

»Woher wissen Sie das so genau?«

»Weil sie es mir selbst gesagt hat. Am Mittwochabend, als sie an meine Zimmertür klopfte.«

Angela hat also Katja Bertram aufgesucht und mit dem, was sie belauscht hatte, konfrontiert. Das war es wohl, was sie uns erzählen wollte.

Doch Sina wollte nicht vorgreifen, sie wollte erst in allen Einzelheiten erfahren, was am Samstagabend geschehen war.

»Das war also Samstagmittag«, meinte Sina. »Heseler lehnte Ihre Forderung ab. Was taten Sie dann?«

Katja Bertram seufzte. »Ich lief erst denn Rest des Tages herum wie betäubt. Ich wusste nicht, was ich tun sollte. Schließlich fuhr ich zum Abendessen nach Kampen, um mich abzulenken. Dort beruhigte ich mich tatsächlich ein wenig und fing an zu überlegen, wie ich Marin Heseler zur Einsicht bringen könnte.«

Sie atmete tief durch. »Ich beschloss, noch einmal mit ihm zu reden und es geschickter anzugehen. Ich dachte, ich hätte nicht so mit der Tür ins Haus fallen dürfen. Ich wollte ihn erst versöhnlich stimmen und dann noch einmal ganz vernünftig und sachlich mit ihm reden. Ich wollte, dass er sich meine Argumente wenigstens anhört.«

Sina stellte keine Zwischenfragen, wollte Katjas Erzählfluss nicht unterbrechen. Also hörte sie nur aufmerksam zu, was Katja berichtete.

»Als ich nach dem Abendessen zurück im Hotel war, rief ich beim Room Service an und bestellte eine Flasche Sekt.«

Beim Room Service? Aber ich hatte doch ... Sina blätterte in ihrem Notizbuch. *Ich bin ja so vernagelt. Ich hatte Brecht nur nach den Seminarteilnehme-*

rinnen und Angela Koch gefragt. Auf die Idee nachzufragen, ob Katja Bertram eine Flasche Wein oder Sekt bestellt hatte, bin ich gar nicht gekommen.

»Eine Flasche Sekt und zwei Gläser?«

»Ja, genau.«

Sina tauschte einen Blick mit ihrem Kollegen.

Jetzt macht auch die Notiz Sinn, die Sven auf Angelas Smartphone gefunden hat.

»Bitte erzählen Sie weiter«, sagte sie, wieder an Katja gewandt.

»Ich fuhr wieder nach oben, klopfte erneut bei Marin Heseler. Es dauerte eine ganze Weile, bis er aufmachte, ich dachte schon, ich hätte mir die Mühe umsonst gemacht.«

Katja griff nach der Teetasse, sah hinein, als würde sich die Lösung für all ihre Probleme am Boden der Tasse befinden.

»Doch dann öffnete er doch, sah mich erstaunt an, als ich ihm erklärte, ich wolle mich für mein Auftreten früher am Tag entschuldigen. Er bat mich herein, wir tranken Sekt und plauderten.« Wieder lachte sie auf. »Wir flirteten sogar ein wenig. Doch dann, als die Flasche fast leer war, meinte er plötzlich abrupt, er brauche seinen Schönheitsschlaf, er habe einen anstrengenden Tag vor sich.«

Sie hob beide Hände. »Ich sah schon meine Felle davonschwimmen, weil ich das Thema, um das es mir ging, noch gar nicht angesprochen hatte. Ich wollte ihn umstimmen, legte eine Hand auf seinen Arm, fragte, ob wir nicht noch kurz über die Sache mit der Erstattung reden könnten. Dass wir uns da doch sicher einigen könnten.«

Katja verzog das Gesicht. »Er wurde ärgerlich. Stieß meine Hand weg und sagte, er hätte gedacht, ich hätte eingesehen, dass mir keine Erstattung zusteht. Dann meinte er noch, wenn ich gedacht hätte, er würde nachgeben, nur weil ich mit einer Flasche Blubberwasser auftauche und mit den Wimpern klimpere, hätte ich mich getäuscht.«

Katja schob die Tasse beiseite und senkte den Kopf. »Seine verletzenden Worte, sein höhnischer Tonfall ... Da ist mir die Sicherung durchgebrannt. Als er sich von mir abwandte, habe ich nach der Flasche gegriffen und zugeschlagen.«

Sina hielt den Atem an, wartete gebannt darauf, was nun kam.

»Ich sehe immer noch vor mir, wie er in sich zusammensackte und dann vom Stuhl kippte. Da lag er dann bewusstlos auf dem Boden und ich saß immer noch am Tisch, immer noch die Flasche in der Hand. Schlagartig wurde mir klar, dass ich jetzt erst richtig Ärger am Hals habe. Nicht nur, dass ich jetzt nie das Geld von ihm bekommen würde, er würde mich auch noch anzeigen.«

Katja blickte hoch, suchte Sinas Blick. »Ich war erst wie gelähmt vor Schock. Dann fiel mir die Flasche aus der Hand, zerbrach jedoch nicht. Ich rannte ins Bad, spritzte mir kaltes Wasser ins Gesicht, überlegte fieberhaft, was ich nun tun sollte. Da kam mir der Gedanke ... Was, wenn er tot wäre? Wenn ich ihn mit der Flasche erschlagen hätte ... Ich rannte zurück ins Wohnzimmer, fühlte nach einem Puls. Er lebte noch. Doch der Gedanke, dass sein Tod wenigstens eines meiner beiden Probleme lösen würde, ließ mich nicht mehr los. Da hatte ich die Idee, ihn in der Badewanne zu ertränken. Ich ging zurück ins Bad und wollte Wasser in die Badewanne laufen lassen. Da sah ich die Sauna ...«

Und den Rest könnte ich mir jetzt auch selbst zusammenreimen, dachte Sina, sagte jedoch nichts. Sie nickte Katja nur zu und gab ihr mit einer Geste zu verstehen, dass sie weitererzählen solle.

»Ich zerrte Marin in die Sauna, fesselte ihn mit seinem Gürtel und dem Gürtel eines Hotelbademantels, wobei ich darauf achtete, keine Fingerabdrücke an seiner Gürtelschnalle zu hinterlassen. Dann schloss ich die Tür der Sauna und wählte die höchste Temperatur aus. Die Dauer stellte ich auf eine Stunde ein.«

»Was ist mit der Uhr?«, stellte Sina nun doch eine Zwischenfrage.

»Die war mir natürlich zuvor schon aufgefallen«, sagte Katja. »Aber als ich seine Handgelenke fesselte, sah ich, dass es eine Patek Philippe war. Also nahm ich sie an mich.«

»Sie haben die Uhr mitgenommen, um sich so ihr Geld zurückzuholen?«

Katja nickte. »Ja, ich dachte, wenn ich die Uhr versetze, bekomme ich sicher genug Geld dafür, um die siebentausendfünfhundert Euro und meine Reisekosten hierher nach Sylt abzudecken.«

»Was taten Sie dann? Haben Sie die Suite verlassen und darauf vertraut, dass eine Stunde ausreichen würde, um Heseler zu töten?«

Wieder senkte Katja Bertram den Kopf. »Nein. Ich blieb in der Suite. Ich setzte mich an den Esstisch und trank mein Sektglas aus. Dann saß ich einfach nur so da. Als ich schließlich zurück ins Bad und zur Sauna ging, hatte diese sich bereits automatisch ausgeschaltet, weil die Stunde um war. Ich öffnete die Tür, wartete kurz und ging dann hinein, um nach Heselers Puls zu fühlen.« Sie atmete tief durch. »Er war tot. Ich nahm ein Handtuch und wischte alles ab, was ich angefasst hatte. Die Tür, das Bedienfeld, die Wasserhähne, den Stuhl, auf dem ich saß, die Esstischplatte. Dann habe ich die Sektflasche und die beiden Gläser genommen und bin gegangen.«

Sina legte ihren Kugelschreiber beiseite und lehnte sich in ihrem Stuhl zurück. Sie verspürte gleichzeitig Entsetzen und Erleichterung. Entsetzen über Katja Bertrams Tat, Erleichterung darüber, endlich zur Lösung dieses komplizierten Falles vorgestoßen zu sein.

»Was war mit Angela Koch?«, fragte sie nach einer kurzen Pause.

Ein Anflug von Traurigkeit huschte über Katja Bertrams Gesicht. »Sie kam am Abend nach der Trauerfeier zu mir und sagte, am Samstag hätte ein Zimmerkellner bei ihr geklopft, um eine Flasche Sekt zu servieren. Als sie sagte, sie hätte diese nicht bestellt, bemerkte er seinen Fehler. Er hatte sich in der Tür vertan und an Zimmer 807 geklopft, statt an 809. Wenig später habe sie zufällig durch den Türspion gesehen, wie ich mein Zimmer mit der Sektflasche und zwei Gläsern verließ.«

Katja schüttelte den Kopf, so als könne sie diesen unglücklichen Zufall immer noch nicht recht glauben.

»Sie habe sich dabei natürlich nichts gedacht, bis sie mich noch einmal auf dem Hotelflur sah und ihr aufging, dass ich die Frau bin, die von Heseler die Honorarerstattung gefordert hatte. Sie kannte mich natürlich aus Berlin, aber das sagte ich ja schon.«

Sina nickte bestätigend.

»Sie erzählte mir, dass sie das Gespräch zwischen mir und Heseler Samstagmittag gehört hätte. Sie sei kurz im Bad gewesen und als sie zurück ins Wohnzimmer gehen wollte, hätte sie uns gehört. Daraufhin habe sie sich nicht getraut, das Wohnzimmer zu betreten und sei vor der Tür stehen geblieben.«

Katja breitete in einer resignierten Geste beide Hände aus. »Tja, und irgendwann im Laufe der Tage fragte sie sich dann, wo ich wohl mit der Flasche und den Gläsern hinwollte. Sie konnte sich noch genau erinnern, dass es zwischen halb neun und neun war. Diese Frage ließ ihr keine Ruhe, also klopfte sie am Mittwoch an meine Tür und fragte mich ganz direkt, ob ich damit zu Marin gegangen sei.«

»Was taten Sie daraufhin?« Sina schluckte, war dies doch eine eher rhetorische Frage.

»Ich stritt das natürlich ab. Sagte, ich hätte mich mit einer Freundin am Strand getroffen.« Katja seufzte. »Aber mir war klar, dass diese Lüge keinen Bestand haben würde, wenn jemand - also Sie - nachforschen würde.«

Sina schlug in ihrem Notizbuch die Seite mit ihren Notizen zu Katja Bertrams Alibi für den Mittwochabend auf. »Sie waren am fraglichen Abend im Hotelrestaurant und in der Hotelbar. Für beides gibt es Belege. Hat Angela Koch Sie erst am späten Abend aufgesucht? Nachdem Sie aus der Hotelbar zurück in Ihr Zimmer gingen?«

Nervös trommelte Katja mit ihren perfekt manikürten Fingernägeln gegen die Teetasse. »Nein, es war ganz anders. Sie kam am frühen Abend zu mir. Ich ging dann ins Hotelrestaurant, wo ich mich aber nicht lange aufhielt. Dann fuhr ich wieder in den achten Stock und klopfte an Angela Kochs Tür. Anschließend ging ich in die Hotelbar.«

Und ich dachte noch, dass ihr Alibi nicht wirklich solide ist. Aber ich dachte natürlich auch, dass sie von allen potenziell Verdächtigen das schwächste Motiv hätte. Wie ich mich da doch getäuscht habe …

Sina sah Sven an, der ihr zunickte.

Aber dann fiel ihr doch noch ein Detail ein, das sie klären wollte. »Was ist mit dem Abschiedsbrief von Angela Koch? Haben Sie sie gezwungen, den zu schreiben?«

»Oh, nein. Das habe ich selbst gemacht. Ich sah dieses Notizbuch aufgeschlagen auf ihrem Bett liegen. Die Idee mit dem Brief kam mir, als ich kurz darin geblättert hatte. Ich riss eine Seite heraus und pauste einige Wörter ab. Dann legte ich den Brief ins Badezimmer.«

Somit wäre auch dieses Rätsel gelöst, dachte Sina, erleichtert, dass Angela Koch den Brief nicht unter Zwang selbst geschrieben hatte. *Wenigstens das ist ihr erspart geblieben.*

***

Jess wählte zum zweiten Mal am heutigen Tag Sven Hayckens Telefonnummer. Mit angehaltenem Atem wartete sie darauf, dass er sich meldete.

Hoffentlich ist er nicht sauer, dass ich schon wieder anrufe.

»Haycken.«

Jess holte tief Luft, bevor sie zu sprechen begann. »Hallo, Herr Haycken, Jess Holzmann hier. Ich hoffe, ich störe Sie nicht, aber ich muss unbedingt wissen, ob mein Hinweis Ihnen weitergeholfen hat.«

»Ich darf Ihnen zwar keine Einzelheiten verraten, aber, ja, Sie haben uns geholfen. Wir konnten die beiden Morde heute restlos aufklären.«

Jess entfuhr ein leiser Freudenschrei. »Wirklich?

Das ist ja fantastisch!«

»Vielen Dank noch einmal für Ihren Hinweis«, sagte Sven. »Aber ich muss Sie leider auf die Berichterstattung in den Medien vertrösten, was weitere Details angeht.«

Jess verdrehte die Augen. »Warum so förmlich? Jetzt, da Sie nicht mehr so im Ermittlungsstress sind und ich keine Zeugin oder gar Verdächtige mehr bin, könnten wir uns doch auch duzen.«

Am anderen Ende der Leitung herrschte Schweigen.

Verblüfftes Schweigen?

Jess beschloss, aufs Ganze zu gehen. »Ich bin Jess, aber das sagte ich ja bereits. Wie wäre es, wenn wir uns heute Abend bei einem oder zwei Drinks etwas näher kennenlernen?« Sie lachte. »Ich verspreche auch, dass ich dich nicht wegen weiterer Einzelheiten löchern werde. Die interessieren mich nicht so sehr wie du.«

Ein Hüsteln, dann kam eine zögerliche Antwort. »Ich weiß nicht so recht, ob das eine gute Idee ist.«

»Wieso? Bist du etwa verheiratet? Du trägst keinen Ring.«

Jess hoffte inständig, dass Sven Haycken nicht zu der Sorte verheirateter Männer gehörte, die einfach keinen Ehering trugen.

»Nein, verheiratet bin ich nicht.« Die Antwort kam zögerlich.

»Aber in einer festen Beziehung? So ein Mist, die Guten sind immer schon alle vergeben.« Jess seufzte.

»Nein, auch das nicht. Aber ...«

»In einer Stunde in der Cohibar? Oder musst du noch Protokolle schreiben?«

Ein leises Lachen, das ein wenig ungläubig klang,

drang an Jess' Ohr. »Sind … ich meine, bist du immer so hartnäckig?«

Auch Jess lachte. »Nur, wenn ich das Gefühl habe, dass es sich lohnt. Also?«

Epilog

»Darf ich vorstellen? Das ist Barney.«

Sinas Augen wurden groß, als sie das kleine schwarz-weiße Fellbündel sah, das auf sie und Jan zuhüpfte.

Sina und Jan hatten Sinas freien Tag dazu genutzt, den Border-Collie-Züchter zu besuchen, von dem Jan ihren gemeinsamen Hund kaufen wollte.

Sina sank auf die Knie und sofort sprang Barney auf ihren Schoß und versuchte, ihr das Gesicht abzulecken. Sie lachte und kraulte den Kopf des kleinen Kerlchens. »Ist der immer so übermütig?«

Jan, der mittlerweile neben ihr kniete, lachte ebenfalls. »Border Collies haben eine Menge Energie, das stimmt.«

»Wie weich sein Fell ist«, sagte Sina.

Barney ließ von Sina ab und wandte sich Jan zu, den er ebenso enthusiastisch begrüßte.

Sina sah zu, wie Jan ein Spielzeug, das auf dem Boden lag, nahm und spielerisch vor Barneys Schnauze hielt. Sofort biss der Welpe zu und schüttelte den Kopf hin und her.

»Tauziehen spielen sie besonders gerne«, sagte Jan lachend. Er ließ das Spielzeug los und Barney tollte ans entgegengesetzte Ende des Raumes, zurück zu seinen Brüdern und Schwestern.

»Also?«, fragte Jan.

»Ja«, sagte Sina.

***

Jan stellte seinen Wagen auf dem Nösse Parkplatz am Morsum-Kliff ab. Nach dem Besuch beim Züchter wollten sie nicht gleich wieder zurück nach Hause fahren, sondern erst noch eine kleine Wanderung durch das Naturschutzgebiet unternehmen.

»Unser letzter Spaziergang ohne Hund«, meinte Sina.

»Naja, am Anfang darf er noch nicht so weit laufen«, sagte Jan. »Ich habe mich schon informiert, dass man Border Collies ein wenig in Zaum halten muss, solange sie noch im Wachstum sind. Fünf Minuten pro Lebensmonat ist die Faustregel.«

»Das wären dann also zwölfeinhalb Minuten? Da kommt man wirklich nicht weit«, sagte Sina und stieg aus.

Tief atmete sie die frische Herbstluft ein.

Endlich ist der Druck weg. Der Fall ist gelöst und ich kann meine Freizeit mit Jan in vollen Zügen genießen.

Sie hakte sich bei ihrem Freund ein, der sie am Landhaus Severins vorbei in Richtung des Holzwegs lotste. Während sie über den hölzernen Weg wanderten, bewunderte Sina die wunderschöne, wilde Landschaft.

Hier ist es wie in einer anderen Welt, vor allem an einem Tag wie heute, wo weit und breit keine Menschen zu sehen sind.

Als sie die Aussichtsplattform erreichten, lehnten sie sich an die hölzerne Umgrenzung und ließen den Blick über die Weite des Wattenmeeres schweifen.

»Da kommt ein Zug«, rief Jan und deutete in Richtung des Hindenburgdammes.

Schweigend sahen sie zu, wie der Autozug sich seinen Weg nach Westerland durch das Wattenmeer bahnte.

Dann wandte Sina den Kopf und sah zum Morsum-Kliff hinüber. »Warum ist das Kliff eigentlich so rot?«

»Das liegt an den verschiedenen Erdschichten«, sagte Jan. »So genau kann ich dir das nicht erklären, ich bin schließlich kein Geologe. Aber am Wegesrand stehen Infotafeln, da kannst du alles nachlesen.«

»So ganz genau, muss ich es gar nicht wissen.« Sina lächelte und reckte das Gesicht der Herbstsonne entgegen.

Was für ein wunderschöner Tag, was für ein wunderbarer Ort.

Sie konnte nicht ahnen, dass die Idylle dieses Ortes bald zerstört werden sollte. Bei ihrem nächsten Besuch der Aussichtsplattform am Morsum-Kliff würde sie nicht einfach nur mit Jan spazieren gehen, die grandiose Aussicht und die Sonne genießen.

Bei ihrem nächsten Besuch würde eine Leiche vor ihr auf den Holzbohlen liegen.

***

Sylter Schweigen: Tod am Morsum-Kliff, der 8. Krimi mit Sina Marten, ist als e-Book bereits vorbestellbar:
https://www.amazon.de/dp/B0CJ8M5LNF

Falls Sie Sylter Schweigen in Kindle Unlimited lesen möchten, folgen Sie der Autorin auf Amazon, um informiert zu werden, sobald das Buch erscheint.

Über die Autorin

Mara Tamen ist das Pseudonym einer in Deutschland geborenen, mittlerweile im Ausland lebenden Autorin.
Normalerweise in anderen Genres unterwegs, schreibt sie als Mara Tamen kurzweilige Krimis mit Wohlfühlfaktor, die in ihrer liebsten Urlaubsregion spielen: Strandlektüre, wie Mara selbst sie am liebsten liest.

Die Reihe Sina Marten ermittelt wird fortgesetzt.

Bisher erschienen:
Sylter Geheimnis: Die unbekannte Tote (Sina Marten ermittelt 1):
https://www.amazon.de/dp/B09QVZ3Q1S

Sylter Verhängnis: Tödliches Theater (Sina Marten ermittelt 2):
https://www.amazon.de/dp/B09SXXCR7Z

Sylter Schatten: Die verlorene Braut (Sina Marten ermittelt 3):
https://www.amazon.de/dp/B0B5M2BYHH

Sylter Schmerz: Geheimes Grab (Sina Marten ermittelt 4):
https://www.amazon.de/dp/B0BHXK2PDX

Sylter Zorn: Mord in Hörnum (Sina Marten er-

mittelt 5):
https://www.amazon.de/dp/B0BQT8KXYH

Sylter Flammen: Brennende Schuld (Sina Marten ermittelt 6):
https://www.amazon.de/dp/B0BZ5W3HLV

Um informiert zu bleiben, folgen Sie der Autorin auf Amazon (auf den gelben Folgen-Button unter dem Profilbild klicken):
https://www.amazon.de/Mara-Tamen/e/B09R2D131D oder auf Facebook:
https://www.facebook.com/MaraTamenKrimi

Sylter Abgrund: Mörderische Beziehungen (Sina Marten ermittelt 7), deutsche Erstveröffentlichung 2023

Covermotiv: joerngebhardt68/Shutterstock.com

Impressumanschrift:
c/o Block Services
Stuttgarter Str. 106
70736 Fellbach

Printed in Poland
by Amazon Fulfillment
Poland Sp. z o.o., Wrocław

25890493R00136